Andrea Gutgsell
Tod im Eiskanal

D1719559

Autor und Verlag danken für die Unterstützung:

Gemeinde
Sils i.E./Segl

REGION MALOJA
REGIUN MALÖGIA
REGIONE MALOJA

Willi Muntwyler-Stiftung St. Moritz

Der Zytglogge Verlag wird vom Bundesamt für Kultur mit einem Strukturbeitrag für die Jahre 2021–2024 unterstützt.

MIX
Papier aus verantwortungsvollen Quellen
FSC
www.fsc.org FSC® C083411

Lektorat: Thomas Gierl
Korrektorat: Philipp Hartmann
Coverbild: Ģirts Kehris
Umschlaggestaltung: Hug & Eberlein, Leipzig
Layout/Satz: 3w+p, Rimpar
Druck: CPI books GmbH, Leck

ISBN: 978-3-7296-5151-7

www.zytglogge.ch

Andrea Gutgsell

Tod im Eiskanal

Kriminalroman

ZYTGLOGGE

Natürlich gibt es den Olympia Bob Run
St. Moritz–Celerina, aber die folgende
Geschichte hat sich so nie zugetragen.
Auch die Figuren sind frei erfunden.
Ähnlichkeiten mit realen Personen oder
Begebenheiten wären rein zufällig.

Für meine Kinder Tanja, Seraina und Gian Enea

« *Una bella merda*, selbsterklärend!»[1] Gubler sass vor seinem Computer und kämpfte sich durch das Erhebungsformular *Schafstatistik – Alpsommer 2023*.

Sein Freund, Lurench Palmin, hatte ihn darum gebeten, diese Pendenz für ihn zu erledigen. Lurench selbst weilte in Zürich bei den Schlussproben des Theaterstücks *Ich Romeo – sie Julia*. Gubler musste lachen. Julia hiess eigentlich Gertrud, stammte aus Niederösterreich und war wie Palmin Schauspielerin. Kennengelernt hatten sich die beiden nicht, wie in solchen Kreisen üblich, auf der Bühne, sondern beim Projekt *Rettet die Trockenmauern*.

«Bis Ende Januar muss die Statistik beim Kanton eingereicht werden. Das Formular findest du auf der Internetseite *Bündner Bauer*. Unter der Rubrik *Alpwirtschaft* kannst du die Alpstatistik als PDF aufrufen. Das Ausfüllen ist selbsterklärend.»

Er griff nach seinem Handy und wählte Lurenchs Nummer.

« *This is the personal voicemail of Lurench Palmin ...* »

«Scheiss Anrufbeantworter», fluchte Gubler. Ungeduldig hörte er sich die Begrüssung an. Es nützte nichts. Er musste Lurench ans Telefon bekommen. Er brauchte dessen Hilfe bei den letzten beiden *zwingenden* Fragen.

« *... I'm not able to take your call. You are welcome to call again at a later time or leave a message with your name and telephone number. Thank you!* Piep.»

«Chau Lurench. Hier ist Alessandro. Deine Statistik hat ein Problem. Sie fragen nach deiner Subventionsnummer und der landwirtschaftlichen Nutzfläche. Das Programm akzeptiert keine Fragezeichen und ...» Er wechselte ins Rätoromanische, als wolle er die Dringlichkeit eines Rückrufes unterstreichen. «*Telefona inavous. Urgaint. Chau.*»[2] Er war sich sicher, dass er in den nächsten Minuten die Antwort auf die beiden Fragen haben würde. Denn Lurench war der Meinung: «Nur auf meinem Konto sind die hart verdienten Direktzahlungen am richtigen Ort.»

Gubler verliess das Büro und stellte sich mit einem Glas Orangensaft auf den Balkon. Er sog die kalte, klare Luft durch die Nase ein, hielt den Atem drei Sekunden lang an und stiess ihn dann wieder durch die Nase aus. Er wiederholte die Übung. Sein Puls und sein Wohlbefinden stiegen schlagartig. «Schnauftherapie», nannte Hanna diese Technik: «Die Atemtherapie hat einen positiven Einfluss auf den Körper, Geist und die Seele. In der Psychiatrie wird sie bei Stresszuständen, Burnout-Syndrom, Schlaf- und Essstörungen angewandt.»

Am Anfang kam er sich ziemlich blöd vor, als er unter Hannas Anleitung das «neue Schnaufen» übte.

Beim fünften «Atmen» vibrierte sein Handy. Er schaute aufs Display. Die Nummer kannte er nicht.

«Hallo ..., wer ist da?» Im Hintergrund war Motorenlärm zu hören.

«Chau Alessandro. Conradin hier.»

«Wer?»

«Conradin. Conradin Casutt.»

«Ah. Chau Conradin. Entschuldige, ich habe dich nicht verstanden.»

«Warte, ich geh nach draussen.» Der Lärm verstummte. «Kannst du mich jetzt verstehen?»

«Klar und deutlich.»

«Kurze Frage: Können wir uns heute Nachmittag eine halbe Stunde früher treffen?»

«Natürlich.»

« Super. Dann bis später. Chau »

« Chau. » Gubler liess das Handy in der Hosentasche verschwinden.

Er wusste nicht, ob er sich auf den Nachmittag freuen sollte. Hanna hatte ihm zu Weihnachten eine komplette Langlaufausrüstung geschenkt. Inklusive zweier Trainingseinheiten mit Conradin Casutt, dem ehemaligen Spitzenlangläufer. *Damit du knackig bleibst!,* hatte sie auf den Gutschein geschrieben.

Er schloss die Augen und reckte sein Gesicht in die Mittagssonne. In Gedanken verglich er sein jetziges Leben mit dem zurückliegenden Lebensabschnitt in Zürich und kam zum Schluss: Er war nicht unglücklich.

Ein schrilles Pling signalisierte den Eingang einer Nachricht.

Subventionsnummer: GEG 23012014/Fläche 12 ha.

Grazcha fich mieu Edelbürolist. Salüds da « tia » cited. Lurench.[3]

Gubler musste lachen. Er konnte dem schauspielernden Landwirt nicht böse sein. Er tippte die Antwort in sein Handy: *Vo a't fer arder.*[4]

Zurück im Büro füllte er die Lücken mit den Angaben aus, die er von Lurench erhalten hatte, und klickte auf *Senden*.

Kurz nach dreizehn Uhr verliess Gubler die Wohnung, die Langlaufski unter den Arm geklemmt. Seine Langlauferfahrung beschränkte sich auf den klassischen Diagonalschritt, und der war so alt wie sein zu enger, neonfarbener Odlo-Anzug aus den Achtzigern.

Er war sich sicher, dass er die Skating-Technik schnell verinnerlichen würde, und freute sich darauf, bald über den zugefrorenen Silsersee zu gleiten. Dass Skaten auf Langlaufski viel mit Gleichgewicht zu tun hat, wusste er noch nicht.

Als er die Fedacla-Brücke überquerte, kam ihm Raschèr, der Chef der Werkgruppe Sils, entgegen. Gubler bereitete sich auf einen Spruch vor. Raschèr enttäuschte ihn nicht: «Schöner Anzug, Herr Kommissar. Gibt's den auch in XXL?» Lachend schwang sich Raschèr in die Pistenmaschine und startete den Motor. Schwarzer Rauch quoll aus den beiden Auspuffrohren. «Viel Spass. Wir sehen uns heute Abend an der Gemeindeversammlung.» Er schloss die Tür und fuhr los.

«Auch Spötter müssen sterben!», rief ihm Gubler hinterher, gefolgt von einer nicht ganz jugendfreien Geste.

Die ausserordentliche Gemeindeversammlung am Abend versprach viel Zündstoff. Das Thema *Neugestaltung Eventpark Muot Marias* hatte bereits im Vorfeld für heftige Diskussionen gesorgt.

«Ein Eventpark ist mit dem Schutz der Silser Ebene nicht vereinbar. Zudem sind die Lärmemissionen, die von einer derart überdimensionierten Anlage ausgehen würden, untragbar.» So die klare Meinung der Gegner. «Eine Kunsteisbahn, die Verlängerung des Kinderlifts und ein Skatepark sind das Mindeste, was gebaut werden muss», lauteten die Voten der Befürworter. «Sils darf das Gästesegment der Familien nicht verlieren», meinte der Tourismusdirektor, und zu guter Letzt meldete sich auch noch der Gemeindepräsident zu Wort: «Die Anpassungen beim Muot Marias und die damit verbundene Verlegung des Werkhofs sind notwendig und wegweisend für Sils», warb er in seiner Botschaft. «Es geht ihm in erster Linie um einen weiteren lukrativen Auftrag», ärgerte sich Raschèr. Die Verlegung des Werkhofs aus dem Dorfkern heraus war seit Jahren ein Thema. Eine ungenutzte Parzelle in der *Planungszone Industrie Föras* hatte die nötige Grösse und war für ein solches Projekt eingezont worden. Einziges Problem: Die Parzelle gehörte dem Gemeindepräsidenten Eros Tschumy, und der Preis stimmte noch nicht.

Gubler freute sich auf die Versammlung. In Zürich hatte ihn die Politik nicht interessiert. Aber hier, in diesem kleinen, beschaulichen Dorf, hatte sie durchaus etwas Reizvolles. Und: Er freute sich auf Eros Tschumy. Der war ihm seit der letzten Affäre konsequent aus dem Weg gegangen. Er nahm sich vor, Tschumy in den nächsten Tagen aufzusuchen. Er wollte reinen Tisch machen. Der Fall der Gletscherleiche war für ihn abgeschlossen. Er hoffte, dass ein klärendes Gespräch zwischen ihnen zu einer tragfähigen Lösung führen würde.

Freunde, das war ihm klar, würden sie wohl nie werden.

Anruf aus Chur

Gubler lag noch im Bett. Hanna hatte Frühdienst und war schon weg. Die gestrige Langlaufstunde war eine echte Herausforderung gewesen. Ihm schmerzten alle Knochen. «Geh nach Hause und nimm ein Dulixbad», hatte Conradin ihm geraten, als die Stunde vorbei war. «Morgen hast du den schlimmsten Muskelkater deines Lebens.»

Bei zwanzig hatte er aufgehört zu zählen, wie oft er auf den Hintern gefallen war. Von dem Gedanken, im Skatingstil elegant über den See zu gleiten, hatte er sich bis auf Weiteres verabschiedet. Auch Conradins Frage, wann sie sich wiedersehen würden, hatte er unbeantwortet gelassen. Er hatte genug von diesem Sport und überlegte ernsthaft, ob er die Langlaufski wegen Nichtbenutzung in der *Engadiner Post* zum Verkauf ausschreiben sollte. Sein Handy vibrierte auf dem Nachttisch. Er drehte sich auf die Seite und griff nach dem Telefon. Sofort erkannte er die Nummer: Enea Cavelti von der Kriminalpolizei Chur.

Nach seiner ungerechtfertigten und später wieder rückgängig gemachten Entlassung bei der Stadtpolizei Zürich hatte er selbst gekündigt und seine Zelte in der Zwingli-Stadt abgebrochen. Caveltis Angebot, als Ermittler bei der Kriminalpolizei Graubünden zu arbeiten, hatte er nach reiflicher Überlegung und intensiven Gesprächen mit Hanna schliesslich angenommen. Seine Bedingungen, die Sommermonate weiterhin als Schäfer im Val Fex verbringen zu können und seinen Wohnsitz nicht nach Chur verlegen zu müssen, waren dabei die grössten Hürden gewesen.

«Ein Homeoffice auf der Alp können wir dir nicht bieten», hatte Cavelti gescherzt. «Aber ein Aussenbüro in Samedan kann ich beim kantonalen Amt für Justiz und Sicherheit Graubünden beantragen.»

Gubler erhielt einen Arbeitsvertrag mit dem Zusatz: *saisonale Nebentätigkeit als Schafhirt.*

Er rollte sich aus dem Bett. Nach einer heissen Dusche zog er sich an, ging in die Küche und öffnete den Kühlschrank. Viel Auswahl gab es nicht. Er entschied sich für den Karamelljoghurt. Er spürte jeden Muskel. «Churchill hatte recht. Sport ist Mord», murmelte er und wählte Caveltis Nummer.

Nach zweimaligem Klingeln nahm dieser ab. «Cavelti.»

«Ich habe es gesehen.»

«Was hast du gesehen?»

«Dass du mich angerufen hast. Was ist los?»

«Soll ich später anrufen?»

«Nein. Warum?»

«Deine Laune scheint im Keller zu sein.»

«Nein. Es ist alles in Ordnung. Es ist nur …» Cavelti kam in den Genuss einer kurzen Zusammenfassung des gestrigen Langlauftrainings.

«Gegen den Muskelkater hilft ein Saunagang oder ein heisses Bad.»

«Schon geschehen. Sogar mit Dulix!»

«Dann hilft nur eines: Regeneration forcieren und sofort weiter trainieren.»

«Vergiss es. So schnell stehe ich nicht mehr auf diesen Brettern.» Gubler löffelte den letzten Rest aus seinem Becher. «Warum hast du mich gesucht?»

«Ich habe Arbeit für dich. Heute Morgen wurde auf der Bobbahn in St. Moritz eine Leiche gefunden.»

Er ging zurück ins Büro und hörte sich Caveltis Ausführungen an.

«Das sind alle Informationen, die ich zu diesem Fall habe. Die Spurensicherung und der Notarzt sind bereits vor Ort. Mauro Jenal von der Kantonspolizei Samedan leitet den Fall.»

«Und was soll ich dort, wenn schon alle vor Ort sind?»

«Jenal hat mich gebeten, dich zur Unterstützung aufzubieten.»

Mauro Jenal. Der ehemalige Postenchef im Unterengadin hatte die Nachfolge von Not Trombetta angetreten, der nach über vierzig Jahren Polizeidienst in den Ruhestand getreten war. Das Urgestein der Engadiner Kriminalpolizei hatte sich entschieden, zwei Jahre früher in Pension zu gehen. Für viele eine Überraschung. Man munkelte jedoch, er habe gehen müssen. Seine ungewöhnliche Arbeitsweise und die Weigerung, die neuen Kommunikationsmittel zu nutzen, sollten der Grund für die Frühpensionierung gewesen sein. Mauro Jenal wurde zwar ein nicht ganz einfacher Charakter nachgesagt, aber er war immer wieder als Nachfolger von Enea Cavelti im Gespräch gewesen.

«Ich habe einen Streifenwagen losgeschickt, der dich abholt.»

Es klingelte. Er öffnete. Draussen stand ein Polizist. Gubler nahm den Hörer vom Ohr. «Warten Sie im Wagen.» Der junge Polizist salutierte. Gubler schloss die Tür.

«Jenal wartet bei der Bobbahn auf dich. Hast du noch Fragen?»

«Nein. Alles verstanden. Das Taxi ist da. Ich melde mich bei Jenal.»

Er verabschiedete sich von Cavelti, steckte das Telefon in die Hosentasche, suchte die wärmste Jacke, die er finden konnte, und verliess die Wohnung. Der junge Polizist sass im

Streifenwagen. Als er Gubler sah, liess er den Motor aufheulen. Gubler stieg ein. Derungs, so hiess der Polizist, trat aufs Gaspedal und fuhr mit Blaulicht aus dem Dorf hinaus. Gubler schrieb Hanna noch schnell eine Nachricht: *Es wird später heute. Einsatz in St. Moritz. Mittagessen ohne mich.*

Derungs jagte das Fahrzeug in halsbrecherischem Tempo die Seestrasse entlang. Alle vorausfahrenden Fahrzeuge wurden, wenn nötig, mit Sirene aus dem Weg gedrängt. Kurz vor Silvaplana wechselte eine Ampel gerade von blinkendem Gelb auf Rot. Gubler war froh, dass Derungs abbremsen musste, doch dieser schaltete sofort die Sirene wieder ein, um weiterzufahren.

«Derungs, schalten Sie sofort den verdammten Lärm und das Drehlicht aus! Es besteht keine Eile. Die Leiche ist tot.» Er konnte sich ein Grinsen nicht verkneifen: Die Leiche ist tot. Was sollte eine Leiche sonst sein?

Derungs war mit der Situation überfordert. Er wusste nicht mehr, wem er gehorchen sollte.

«Major Cavelti hat mir befohlen, Sie so schnell wie möglich zum Tatort zu fahren.»

Gubler nickte. «Ich werde dem Major berichten, dass Sie seinen Befehl mehr als befolgt haben.» Er sah den Polizisten streng an. «Aber ich bitte Sie: Fahren Sie jetzt einfach mit der erlaubten Geschwindigkeit weiter, sonst kotze ich Ihnen das Fahrzeug voll, und wir sind bestimmt später am Ziel, als ihnen lieb ist.»

Derungs gehorchte.

Olympia Bob Run St. Moritz–Celerina

Gubler und Derungs standen vor einer imposanten, vereisten 180-Grad-Kurve und warteten auf Kommissar Jenal. Auf einer gelben Tafel, die an der Holzverkleidung oben in der Kurve befestigt war, stand *Horse Shoe* und daneben ein stilisiertes Hufeisen.

Interessiert las Gubler auf der Informationstafel die Geschichte dieser einzigartigen Schneekonstruktion.

Obwohl sich während mehr als 100 Jahren Bahnbaus vieles verändert hat, sind die Grundsätze die gleichen geblieben, denn die Konstruktion erfordert viel Erfahrung und Augenmass. Mitte November beginnt das bange Warten auf den ersten Schnee, das Baumaterial für den Olympia Bob Run St. Moritz–Celerina. Anfang Dezember reist die Südtiroler Bahnmannschaft an, um innerhalb von drei Wochen aus 15'000 m³ Schnee und 10'000 m³ Wasser die grösste Schneeskulptur der Welt in die herrliche Naturarena des Oberengadins zu bauen.

Die Bahn wird jedes Jahr von Grund auf neu errichtet, auf chemische Stoffe wird dabei gänzlich verzichtet. Der Olympia Bob Run ist somit auch die ökologischste Bobbahn der Welt!

« Danke, dass Sie so schnell gekommen sind.»

Erst beim zweiten « Danke» merkte Gubler, dass jemand mit ihm sprach.

« Bedanken Sie sich bei ihm», sagte er und lächelte Derungs an. « Nur seinem vorsichtigen Fahrstil ist es zu verdanken, dass ich schon hier bin.»

« Vorsichtiger Fahrstil?», fragte Jenal überrascht.

«Vorsichtig und zurückhaltend. Wie es sich für einen Polizisten gehört», antwortete Gubler.

Jenal drehte sich ungläubig zu dem jungen Polizisten um: «Manfred, du kannst nach Samedan auf den Posten zurückkehren. Ich rufe dich, wenn ich dich wieder brauche.»

Derungs nickte Jenal zu und war sichtlich froh, dass er gehen durfte. Mit schnellen Schritten lief er zum Dienstfahrzeug, das er oberhalb eines Holzchalets auf einem Parkplatz abgestellt hatte.

«Jenal.»

«Gubler.»

Sie schüttelten sich die Hände.

«Ist er wirklich vorsichtig gefahren?»

«Ab Silvaplana schon.»

«Das habe ich mir doch gedacht. Seinen Spitznamen ‹Kamikaze› hat er nicht von ungefähr.»

«Wo ist die Leiche?», fragte Gubler.

«Im *Devils Dyke*.»

«Wo?»

Jenal blickte in zwei verständnislose Augen. «Der Olympia Bob Run St. Moritz–Celerina», begann er zu erklären, «ist die einzige Bobbahn der Welt, bei der die Kurven nicht durchnummeriert sind, sondern einen Namen tragen.»

«Aha. Dass es die einzige Natureisbahn ist, habe ich gelesen. Aber das mit den Kurven ist mir neu.» Gubler wollte gerade die nächste Frage zum Olympia Bob Run stellen, wurde aber unterbrochen.

«Hey, Jenal, haben Sie kurz Zeit?»

Ein langer, schlaksiger Mann kam auf sie zu. Jenal stellte ihn Gubler vor.

«Rechtsmediziner Bivetti.»

«Gubler.»

«Soso. Sie sind also Gubler? Na gut. Folgen Sie mir.» Bivetti drehte sich um und stapfte davon. Sie folgten ihm. Für Gubler war es eine Qual. «Verdammter Muskelkater!», keuchte er.

«Muskelkater?», fragte Jenal.

Gubler fasste die gestrige Langlaufstunde kurz zusammen und war froh, als sie am Fundort angekommen waren. Die Spurensicherung machte gerade die letzten Fotos und sammelte die Täfelchen ein, die rund um die Leiche im Schnee steckten.

«Wie weit seid ihr?», erkundigte sich Bivetti.

«Wir suchen noch die nähere Umgebung ab, dann sind wir fertig.»

«Nun gut, nun gut.» Er wandte sich wieder an Gubler und Jenal: «Und nun zu euch Kommissaren. Bei der Leiche handelt es sich um einen etwa fünfzigjährigen Mann, der wenige Meter von der Bahn entfernt neben einem umgestürzten Monobob lag. Die leichte Bekleidung deutet darauf hin, dass er vor seinem Tod nicht beabsichtigte, sich lange im Freien aufzuhalten. Er trug nicht einmal einen Helm, es ist also unwahrscheinlich, dass er so Bob gefahren ist. Es sei denn, es handelte sich um irgendeine bescheuerte Mutprobe. Es ist davon auszugehen, dass Fundort und Tatort nicht identisch sind. Todesursache und Todeszeitpunkt sind unklar. Eine Blutprobe wurde entnommen, und den Mageninhalt werden wir nach der Obduktion kennen.» Er sah Jenal an. «Ich werde dir den Bericht per Mail schicken. Irgendwelche Fragen?»

Gubler musste lachen. Dr. Blarer von der Rechtsmedizin Zürich kam ihm in den Sinn.

«Lassen Sie mich mitlachen, Gubler. Unser Beruf ist schwer genug.»

Gubler versuchte ernst zu bleiben. «Seid ihr Rechtsmediziner alle so?»

«So, wie?»

«Ich kenne einen Kollegen in Zürich, der ganz ähnlich arbeitet wie Sie.»

«Peter Blarer?»

Gubler war überrascht: «Genau den meine ich. Kennen Sie ihn?»

«Wir haben zusammen studiert und seziert», lachte Bivetti. «Eine verrückte Zeit. Nun gut. Zurück zu unserem Fall. Wie gesagt, Fundort und Todesort sind nicht identisch, und ich zweifle daran, dass es ein Unfall war.»

«Was macht Sie so sicher?», wollte Gubler wissen.

«Die Verletzungen!»

«Die Verletzungen?»

«Ja, die Verletzungen. Oder besser gesagt: der Mangel an Verletzungen.» Bivetti bekam einen Hustenanfall. «Entschuldigung. Wintergrippe. Diese trockene Engadiner Luft im Winter wird mich noch umbringen.» Er wandte sich ab und trank einen grossen Schluck Hustensirup. Langsam erholte er sich. «Hustensirup aus Arvenholz. Das Einzige, was hilft.» Er steckte die Flasche in die Innentasche seiner Winterjacke. «Wenn Sie mit einem Bob den Eiskanal hinunterfahren, stürzen und aus dem Bob geschleudert werden, müssten irgendwo Abschürfungen zu sehen sein.» Er zog die grüne Plastikplane von der Leiche. «Sehen Sie selbst. Keine Prellungen, keine Schürfwunden, keine Knochenbrüche. Nichts!»

Gubler betrachtete die Leiche, ohne sie zu berühren. Der Tote war unversehrt. Er war elegant gekleidet. Der Hemdsärmel am linken Arm war hochgekrempelt. Bivetti hatte recht. Für einen Sturz in der Bobbahn sah der Tote völlig unverletzt aus. «Sie glauben also, dass die Leiche hierhergebracht wurde?» Er steckte das Notizbuch in die Jackentasche.

«Hergebracht oder begleitet. Ich weiss es nicht, und er kann auch nicht mehr antworten.» Der Arzt zog die Folie wieder über den Leichnam.

Gubler konnte ihm nicht folgen. «Was meinen Sie damit?»

«Nun gut. Zum dritten Mal. Denken Sie daran, was ich gesagt habe: Tatort und Fundort sind nicht identisch.» Bivetti musste einen weiteren Hustenanfall mit dem Arvensirup bekämpfen. «Basta. Ich habe meine Arbeit getan, der Rest ist eure Sache.»

«Wer ist der Tote?»

«Keine Ahnung. Er hatte keinen Ausweis bei sich.»

«Handy?»

«Nein. Ausser der Leiche und dem Bob haben wir nichts gefunden. Vielleicht hat die Spurensicherung mehr Erfolg. Fragen Sie Wachmeister Rüdisüli.»

Gubler kniete sich neben den Toten und betrachtete ihn. Er wollte gerade aufstehen, als er einen Bluterguss am linken Arm bemerkte. «Woher kommt das?»

«Sieht nach einer missglückten Injektion aus. Wir untersuchen den Leichnam auch auf Drogenkonsum oder Krankheiten.»

«Was meinen Sie mit Krankheiten?»

«Diabetes oder so.» Weiter kam er nicht mehr. Den dritten Hustenanfall konnte Bivetti nicht mehr bekämpfen. Die Sirupflasche war leer. Ohne sich zu verabschieden, ging er.

Jenal und Gubler sahen ihm nach.

«*Tip da l'impussibel.*»[5]

«Ja, das kann man laut sagen.»

Auch Wachtmeister Rüdisüli konnte nicht helfen. «In einer Stunde haben Sie den vorläufigen Bericht.»

«Wer hat die Leiche gefunden?», wollte Gubler wissen.

Jenal zog sein übergrosses Handy aus der Hosentasche, fuhr mit dem Zeigefinger über das Display und las ihm vor: «Die Leiche wurde um 05.12 Uhr vom Bahnangestellten Hofer gefunden.» Er wischte ein zweites Mal über das Display und reichte ihm das Handy. «Hier ist das Einvernahmeprotokoll.»

Gubler schaute auf das Handy. «Und wo ist der Text?»

Jenal verstand nicht. «Welcher Text?»

«Sie sagten doch etwas von einem Protokoll.»

Jenal nahm ihm das Telefon wieder ab und tippte auf das Display. «Sie müssen auf *Play* drücken.»

Aus dem Lautsprecher ertönte die Aussage des Bahnarbeiters Hofer. Gubler hörte konzentriert zu.

«Können Sie das noch einmal abspielen?»

«Sicher.» Jenal liess die Aufnahme erneut ablaufen.

«Was hat er gesagt?» Gubler sah Jenal ratlos an.

«Ich musste es mir auch mehrmals anhören, bis ich es verstanden habe. Wenn Sie wollen, übersetze ich es Ihnen.»

Gubler winkte ab. «Ich möchte diesen Hofer persönlich sprechen. Wo finden wir ihn?»

«Oben im Personalgebäude beim *Sunny Corner.* Er wartet dort mit seinen Kollegen, bis die Bahn wieder frei ist.»

«*Sunny Corner* ...», Gubler schüttelte den Kopf, «und wo ist das?»

«Vor dem *Nash-Dixon Corner.*»

«Nummerieren wäre einfacher gewesen.»

Sie marschierten los.

Im Untergeschoss des Personalgebäudes befand sich der Aufenthaltsraum der Bahnmannschaft. Gubler und Jenal betraten den überhitzten Raum. An zwei Tischen sassen schweigend etwa vierzehn Männer. Auf Gublers Begrüssung folgte ein Gemurmel, das Gubler als «guat morgn» zu verstehen glaubte.

«Mogst an Kaffee?», fragte ein rundlicher Mann, der sich eine weisse Schürze umgebunden hatte.

«Zu einem Kaffee kann ich nie nein sagen.»

«Und du?» Der Koch sah Jenal an.

«Auch einen. Danke.» Der Mann verschwand in der Küche.

Gubler sah sich um. «Wer von euch ist der Hofer?» Sieben Männer hoben die Hand. Ihm lag schon ein Fluchwort auf der Zunge, doch er beherrschte sich. «Ich meine den Hofer, der die Leiche gefunden hat.»

«Sell wor i.»

Der Koch kam mit dem Kaffee. Er stellte zwei grosse Tassen und eine Kanne Milch auf den Tisch. «Huckt aich nieder.» Er machte den beiden ein Zeichen, sich zu setzen. Sie nahmen Platz.

Gubler griff nach der Kanne und füllte seine Tasse bis zum Rand mit heisser Milch. «Und wie heissen Sie?» Er sah den Mann an, der sich als Entdecker der Leiche zu erkennen gegeben hatte.

«Hofer. Hannes Hofer» Er hatte ein sympathisches Gesicht und einen gesunden Teint. Gubler schätzte ihn auf Mitte zwanzig.

«Wann fangen sie mit der Arbeit an?» Gubler zog sein Notizbuch hervor und schrieb den Namen auf.

«Um sechse, wenn koa Rennen isch, um fünfe, wenn a Rennen isch, oft amol friher, wenns gschniben hot, und um siebne, wenn lai Taxifohrten sain.»

«Und heute?» Er musste sich konzentrieren, um Hofer zu verstehen.

«Hots gschniben.»

«Sie sind also vor fünf Uhr morgens an der Bobbahn angekommen?»

«Na!»

«Nein?»

«Um zehn noch fünf. Hob verschlofen.»

Der Südtiroler Dialekt war eine Herausforderung für Gubler. «Haben Sie etwas Verdächtiges bemerkt?»

«Na!»

«War etwas anders als sonst?»

«Jo!»

«Und was?»

«A Laich, lag neben der Bohn.»

Gublers Blick schweifte durch den Raum. Er bereitete sich auf ein Gelächter vor. Doch bis auf Jenal, der sich ein Grinsen nicht verkneifen konnte, reagierte keiner der Anwesenden.

«Hat noch jemand etwas gesehen, das uns weiterhelfen könnte?»

«Na, ausser vielleicht», Hannes meldete sich noch einmal zu Wort, «ausser, dass der Bob dort sicher nid stürzen koan.»

Jenal wollte noch etwas Fragen, aber Gubler gab ihm zu verstehen es gut sein zu lassen.

Aus der Runde kam nichts mehr. Er stellte die üblichen Fragen, die in einer solchen Situation gestellt werden müssen. Jenal protokollierte. Brauchbare Hinweise kamen nicht. Er brach die Befragung ab. «Falls jemandem noch etwas einfällt, hier ist meine Telefonnummer.» Er legte seine Visitenkarte auf den Tisch. «Oder wendet euch an Kommissar Jenal.» Dieser legte seine Karte ebenfalls auf den Tisch.

«Wann kennen miar orbaten gehen?», fragte ein etwas älterer Mann aus der Runde.

Gubler sah Jenal an. Der zückte sein Handy und schüttelte den Kopf. Er hatte noch nichts von Rüdisüli gehört. «Wir müssen auf die Freigabe der Spurensicherung warten. Wir halten euch auf dem Laufenden. Noch Fragen?»

Keiner der Anwesenden meldete sich. Gubler und Jenal tranken ihren Kaffee aus und verabschiedeten sich.

Auf dem Rückweg Richtung *Horse Shoe* fasste Gubler die spärlichen Fakten zusammen: «Eigentlich haben wir nichts Brauchbares.» Er erkannte keine Logik hinter den Informationen. Einen Unfall konnte er ausschliessen, in diesem Punkt gab er dem Rechtsmediziner recht. Er musste herausfinden, wer ein Interesse am Tod des Mannes haben konnte. Warum musste er sterben? Am *Horse Shoe* angekommen, blickte er gedankenverloren auf die 180-Grad-Kurve. «Würden Sie in einen Bob steigen und da runterfahren?»

«Nie im Leben», winkte Jenal ab. «Und Sie?»

«Ich auch nicht.» Er streckte Jenal die Hand entgegen: «Alessandro.»

«Mauro.»

«Das Duzis-Bier trinken wir später, wenn es dir recht ist.» Jenal war es recht. «Komm. Lass uns zum Bahnchef gehen. Vielleicht kann der uns weiterhelfen. Wie war doch gleich sein Name?»

Jenal zückte sein Smartphone und googelte die Internetseite des Olympia Bob Run. Er fand ein Foto des Betriebsleiters. «Erwin Spälti.»

Gubler blieb stehen und überlegte. «Erwin Spälti?»

«Kennst du ihn?»

«Nein, aber der Name sagt mir etwas.»

Jenal suchte auf der Homepage nach weiteren Informationen. «Er war früher ein bekannter Rodler», las er Gubler vor.

Am Parkplatz unterhalb des *Telephone Corners* stiegen sie in Jenals Dienstwagen und fuhren zum Start des Olympia Bob Runs hoch. Kurz vor dem Hotel Uors bogen sie links ab. Eine steile, vereiste Strasse führte hinauf zum Start. Schon von Weitem winkte ihnen ein Sicherheitsmann zu. Jenal fuhr weiter, hielt neben dem wild fuchtelnden Parkplatzeinweiser an und kurbelte das Fenster herunter: «Wir wollen zum Betriebsleiter.»

«Kein Platz, alles besetzt.»

Jenal holte seinen Dienstausweis hervor und hielt ihn dem verärgerten Mann unter die Nase. «Ich bin sicher, Sie haben einen Platz für unser Fahrzeug.»

«Versuchen Sie es in der Tiefgarage, sonst fahren sie runter zum Ziel, auf den grossen Parkplatz.» Ohne einen Gruss wandte er sich dem nächsten Fahrzeug zu. Gubler wollte noch etwas sagen, aber Jenal fuhr am Sicherheitsmann vorbei und stellte das Fahrzeug auf den einzigen freien Platz vor dem Starthaus. Ein Schild wies auf ein Parkverbot hin: *Parken verboten. Wir schleppen ab! Dracula Club.*

«Das Risiko gehen wir ein.»

Lachend stiegen sie aus. Sie suchten nach einem Infostand, fanden aber keinen. Gubler fragte einen Mann, der mit zwei Helmen in der Hand aus einer Garage kam, wo der Empfangsraum sei.

«*Devi andare al Taxistand*», er nickte Richtung Ausgang, «*a desra, sotto la scala.*»

Gubler bedankte sich. Sie folgten den Anweisungen des Mitarbeiters und fanden tatsächlich den Empfang unter der Treppe. Sie gingen hinein. Gublers Blick wanderte umher. An der linken Wand hingen verschiedene Kleidungsstücke, die zum Verkauf angeboten wurden. In der Mitte des Raumes stand ein Holzregal voller Souvenirs. Tassen, Schlüsselanhänger, Taschenmesser, Flaschenöffner, Bücher und vieles mehr waren sorgfältig ausgestellt und warteten auf Käuferinnen und Käufer. Er blätterte in einem Buch, das den Bau der Bahn dokumentierte und mit eindrucksvollen Bildern versehen war. Im hinteren Teil des Raumes hingen Urkunden und Fotos erfolgreicher Bobfahrer und Olympiasieger an der Wand. In einer Vitrine waren Medaillen von Weltmeisterschaften und eine Goldmedaille von der Olympiade 1972 in Sapporo ausgestellt. Darüber hing ein Metallstück mit der Aufschrift *Die Achse der Nation*. Gubler las auf der dazu angebrachten Hinweistafel, dass dieses Metallteil zur Disqualifikation von drei Schweizer Bob-Mannschaften geführt hatte, da die aus mehreren Teilen bestehende und nicht verschweisste Achse nicht regelkonform gewesen sei.

« Wie kann ich Ihnen helfen ? »

Hinter dem Empfangstresen, geschützt durch eine Plexiglasscheibe, sass eine Frau.

« Wir suchen Herrn Spälti, den Betriebsleiter.» Jenal zeigte ihr seinen Dienstausweis.

« Sie sind wegen des Toten hier, nehme ich an. Kommen Sie mit. Ich bringe Sie zu ihm.»

Sie verliessen den Empfangsraum und stiegen eine Wendeltreppe hinauf, die in den Startturm führte. Hier herrschte ein wildes Durcheinander. Ein durchtrainierter Mann mit einem Handy am Ohr eilte durch den Raum. Als er Gubler und Jenal sah, verabschiedete er sich von seinem Gesprächspartner. « Christian, ich muss auflegen. Die Polizei ist hier. Ja, ich rufe dich später zurück.» Er drückte den Anruf weg und wandte sich den Besuchern zu: « Erwin Spälti.»

Gubler und Jenal stellten sich ebenfalls vor.

« Bevor wir mit der Befragung beginnen, habe ich eine dringende Frage.»

«Bitte. Was immer es für eine Frage ist, raus damit», antwortete Gubler.

«Können Sie mir sagen, ab wann wir den Betrieb aufnehmen können?»

Gubler schaute zu Jenal.

«Sobald die Spurensicherung ihre Arbeit abgeschlossen hat und der Leichnam abtransportiert wurde, können Sie starten», antwortete dieser.

«Ich weiss, das klingt etwas pietätlos, aber bei uns zählt jede Minute. Verlorene Fahrten bedeuten für uns einen Verlust, den wir nicht wiedergutmachen können.»

Spältis Handy klingelte ununterbrochen.

«Gehen Sie ruhig ran.»

Spälti schaute auf das Display. «Die Zeitung mit den grossen Buchstaben. Die sollen warten.»

Jenal hatte inzwischen mit der Spurensicherung telefoniert und konnte den Betriebsleiter einigermassen beruhigen: «In zehn Minuten wird die Bahn freigegeben.»

Gubler nahm sein Notizbuch zur Hand. «Also, Herr Spälti.»

«Darf ich Sie nochmals kurz unterbrechen? Ich möchte den Speaker über die Bahnfreigabe informieren.»

Gubler war genervt. Das Ganze lief ganz und gar nicht nach seinem Gusto. «Bitte. Tun Sie, was Sie tun müssen.»

«Danke. Ich komme gleich wieder und bin dann ganz bei Ihnen.»

«Das wäre wunderbar.»

Spälti verschwand in einen Raum voller Computer und Bildschirme, auf denen die ganze Bahn zu sehen war. Er informierte den Speaker über die Neuigkeiten. Dieser schmetterte die News sofort in das Mikrofon: «In zehn Minuten können wir mit dem ersten Spurschlitten starten. *Ten minutes to the start.*»

Gubler gab Jenal ein Zeichen. Sie betraten den Speaker-Raum. «Kann man auf diesen Monitoren die ganze Bobbahn sehen?», fragte Gubler den Betriebsleiter.

«Ja, wir können die Fahrten von oben bis unten verfolgen, und alle werden aufgezeichnet und gespeichert. Versicherungsvorschrift.»

«Und die sind, nehme ich an, nur während der Betriebszeiten eingeschaltet?»

«Richtig. Nach dem Betrieb werden sie ausgeschaltet.»

«Haben Sie auch eine Aufzeichnung von einem ...», Gubler nahm sein Notizbuch zur Hand, «von einem Monobob?»

«Natürlich. Janosch kann Ihnen sicher noch eine Fahrt von gestern zeigen. Kommen Sie mit.» Alle drei verliessen den Raum und gingen in Spältis Büro. Über ein Funkgerät rief er Janosch zu sich in den Startturm.

«Der Bahnarbeiter Hofer hat gesagt, dass man mit einem Monobob nicht stürzen kann», sagte Jenal.

«Diese Meinung kann ich nicht ganz teilen. Im *Horse Shoe* gibt es ab und zu Kippstürze, aber im *Devils Dyke* sicher nicht.»

Jenal verstand nicht. «Warum nicht?»

«Die *Devils Dyke*-Kurve ist eine Richtungswechselkurve, die nicht wie andere Kurven einen engen Radius hat, und deshalb kann ein Bob an dieser Stelle gar nicht stürzen. In dieser Kurve ist ein Sturz hundertprozentig ausgeschlossen.»

Mittlerweile war Janosch eingetroffen und wurde von Spälti gebeten, eine Fahrt mit einem Monobob auf dem Laptop abzuspielen. Nach dem fünften Bob und den Erklärungen von Spälti war auch für Gubler und Jenal klar: An dieser Stelle war der Monobob sicher nicht gestürzt.

Schlechte Nachricht für Gubler

Seit sieben Uhr sass Gubler in seinem Büro und studierte die vollgekritzelte und vollgehängte Wandtafel. Die Informationen, Zeichnungen und Stichworte zum aktuellen Fall ergaben kein Bild. Viele Fragen blieben offen. Spälti hatte die Leiche identifiziert: Rafael Göker. Weinhändler aus dem Kanton Aargau und Aktuar des Monobob-Clubs *Montis Bolt.* In den Wintermonaten Dezember bis Februar war er jedes Wochenende auf dem Olympia Bob Run sowie im Nachtleben von St. Moritz anzutreffen. Zusammen mit seiner Frau bewohnte er in Sils Baselgia ein grosses altes Bauernhaus, das erst im letzten Herbst nach langem Umbau fertiggestellt worden war.

Die Todesnachricht hatte Jenal der Witwe gemeinsam mit Wachtmeister Rüdisüli überbracht. Gubler ärgerte sich, dass er es nicht für nötig befunden hatte, ihn mitzunehmen.

Zwei Fragen liessen ihn nicht mehr los. Er stand auf und rief Jenal durch die offene Tür zu sich. Er nahm die Berichte der Spurensicherung und des Gerichtsmediziners zur Hand und blickte auf die Notizen an der Wand. Jenal betrat das Büro mit einer unter den Arm geklemmten Zeitung und zwei Tassen Kaffee. Gubler nahm eine davon entgegen.

«Danke.»

«Gern geschehen.»

Jenal schloss die Tür. Gubler ging zur Pinnwand. «Wurde Göker tot zur Bobbahn gebracht oder kam er lebend an den Fundort? Er schaute zu Jenal. «Glaubst du, Bivetti hat recht mit seiner Aussage? Und falls ja, wo hat Göker die letzten Stunden vor seinem Tod verbracht?»

«Die zweite Frage kann ich dir beantworten.» Jenal sah Gubler an. Er las die Schlagzeile auf der Titelseite vor: *Toter Mann im Eiskanal von St. Moritz gefunden. Was hat der ehe-*

malige Polizeisprecher der Stadtpolizei Zürich damit zu tun? Unter der Schlagzeile war ein Foto von Rafael Göker und Marco Pol zu sehen.

Gubler nahm die Zeitung an sich und las den Vorspann.

Waren das die letzten Stunden von G. aus B.? Führen die Spuren zum Wohltätigkeitsball im Hotel Stambuoch? Was verschweigt der ehemalige und pensionierte Polizeisprecher der Stadtpolizei Zürich? Auch der Gemeindepräsident von St. Moritz schweigt. Der Betriebsleiter des Olympia Bob Run ist geschockt und spricht von einer Katastrophe.

Gubler warf die Zeitung auf den Tisch, gefolgt von einem « *Huara Saich!*».

«In der Online-Ausgabe gibt es noch mehr Bilder.» Jenal holte sein Smartphone hervor, öffnete die Internetseite der Zeitung und hielt es Gubler hin.

«Jetzt nicht.» Gubler wurde schlecht. «Ich muss an die frische Luft.» Er nahm seine Jacke und verschwand.

Kurz nach vierzehn Uhr klopfte Gubler an Jenals Bürotür.

«Herein.»

Gubler trat ein. Jenal sass vor seinem Computer. Er nahm die Brille ab und bedeutete ihm, sich zu setzen.

«*S-chüsa* Mauro», begann Gubler. «Marco und mich verbindet eine tiefe Freundschaft. Diese Schlagzeile hat mich wirklich getroffen.»

«Natürlich, das kann ich verstehen.»

«Ich habe versucht, Marco zu erreichen.» Gubler zog sein Handy aus der Jackentasche und blickte auf das Display. Nichts.

Jenal schwieg.

«Was zeigen die anderen Fotos?», fragte Gubler.

Jenal nahm sein Handy, suchte die Bilder, die er in einem Ordner gespeichert hatte, und schob das Gerät über den Tisch. Gubler betrachtete das Bild auf dem Display.

«Du hast doch von mehreren Bildern gesprochen.»

«Ja. Scroll mal durch.»

«Ich soll was?»

Jenal stand auf, ging zu Gubler und zeigte ihm, wie er die anderen Bilder anschauen konnte. Auf jedem strahlte Marco Pol mit Göker, der mit einem schwarzen Balken unkenntlich gemacht war, um die Wette. Gublers Stimmung verschlechterte sich mit jedem Bild.

«Was kostet so ein Ding?»

Jenal verstand nicht. Gubler deutete auf das Smartphone.

«Ach so. Ungefähr achthundert Franken.»

«Ich brauche ein neues.» Er zog sein Nokia 3310 hervor. «Gibt es diese Smartphones auch in klein?»

«Kleiner wird schwierig», antwortete Jenal. Er hatte sofort gemerkt, dass Gubler das Thema wechseln wollte. Er zog seine Dienstjacke aus und schlüpfte in eine neutrale Daunenjacke. «Komm, Alessandro. Es ist Zeit für einen Aufsteller.»

«Für Alkohol ist es noch zu früh. Ich werde mich heute Abend betrinken.»

Jenal stand schon an der Tür. Er drehte sich zu Gubler um. «Die Dinge, die man im Leben am meisten bereut, sind die, die man nicht getan hat.»

«Sokrates?», fragte Gubler.

«Nein. Steve Jobs.»

«Wer?»

«Komm, wir gehen in den Swisscom-Shop. Du brauchst ein neues Handy.»

Ün s-chierp schmaladieu[6]

Gubler drehte das Weinglas zwischen Zeige- und Mittelfinger hin und her. Gedankenverloren sah er dem kreisenden Wein zu. Hanna stand auf, stellte sich hinter ihn und begann, ihm den Nacken zu massieren. Er liess es geschehen, aber geniessen konnte er es nicht. Nein, es ärgerte ihn sogar.

«Hat es dir nicht geschmeckt?», wollte sie wissen und blickte auf den halbvollen Teller.

«Tut mir leid, ich habe keinen Hunger.»

«Probleme?» Hanna umklammerte ihn fester.

«Hoffentlich nicht.» Er gab ihr zu verstehen, dass er nicht in der Stimmung für eine Massage war. Sie verstand den Wink.

«Wie war die Gemeindeversammlung gestern?»

Er war froh, dass sie das Thema gewechselt hatte. «Der übliche Schlagabtausch. Beide Seiten haben ihre mehr oder weniger klugen Argumente vorgebracht.»

Hanna begann, den Tisch abzuräumen.

«Ich glaube nicht, dass in Sils jemals ein Erlebnispark gebaut wird. Die Gegner befürchten hohe Lärmemissionen und enorme Betriebskosten und haben deutlich gemacht, dass sie gegen ein Baugesuch Einsprache erheben werden.» Gubler räumte den Rest vom Tisch ab. «Für eine einfache Kunsteisbahn hingegen sehe ich gute Chancen.» Er schenkte sich ein Glas Wasser ein und setzte sich wieder an den Tisch. «Bei der Verlegung des Werkhofs war sich die Versammlung einig. Sie haben den Gemeinderat beauftragt, einen geeigneten Standort zu finden.» Er holte sein neues Handy hervor und versuchte, es zum Leben zu erwecken. «Die grösste Überraschung kam aber unter *Varia*.»

«Tschumy kandidiert nicht mehr als Gemeindepräsident», sagte Hanna.

Gubler war verblüfft. «Woher weisst du das?»

«Arztgeheimnis.» Sie füllte die beiden Weingläser und setzte sich zu ihm an den Tisch. «Gibt es schon Interessenten für das freiwerdende Amt?» Sie trank einen Schluck.

«Sieht so aus. In der Fuschina Bar wurde heftig über eine mögliche Kandidatur diskutiert. Insider glauben zu wissen, dass die Gemeinderätin Benita Zürcher an dem Amt interessiert ist.»

«Das wäre toll.»

«Du bist also auch der Meinung, es sei an der Zeit, dass eine Frau die Geschicke der Gemeinde in die Hand nimmt?»

«Ob Frau oder Mann, ist egal. Entscheidend ist der fachliche Rucksack, und den hat Benita Zürcher definitiv.»

Gubler kämpfte mit seinem neuen Smartphone, während sie über die aktuelle Gemeindepolitik sprachen. Auch mehrmaliges Fingerwischen auf dem schwarzen Display brachte keinen Erfolg. Er versuchte es mit Tippen. Nichts.

«Neues Handy?», fragte Hanna amüsiert.

«Ja. Aber es scheint schon kaputt zu sein.» Er wischte verärgert über das Display.

«Lass mal sehen.»

«Idiotensicher sei dieses Modell, hat der Verkäufer versichert.» Er gab Hanna das Handy. «Und Jenal teilte dessen Meinung.»

«Jenal?», fragte Hanna und drückte auf den Knopf an der Seite des Telefons. Sie gab ihm das zum Leben erwachte Gerät zurück.

«Ja. Mauro Jenal von der Kriminalpolizei Samedan.» Gubler schaute auf das Display, das sich in diesem Moment wieder verabschiedete.

«*Huara guaffen*»⁷, fluchte er.

«Drück den Knopf an der Seite.» Hanna stand auf und gab ihm einen leichten Klaps auf den Hinterkopf. «Und hör auf zu fluchen!»

Er drückte den Knopf. Auf dem Display erschien eine Aufforderung: *Code eingeben.* Er suchte in seinem Notizbuch den neuen Code, den er im Swisscom-Shop mit Hilfe des Verkäufers erstellt hatte: *7–5–1–4* (die Postleitzahl von Sils) *6–5* (sein Jahrgang). Pling!

Zwei neue Nachrichten.

Schön, dachte er. Und wo finde ich diese neuen Nachrichten? «Diese neue Technik ist zum Kotzen. Warum schaffen es diese Idioten nicht, ein …» Weiter kam er nicht. Hanna riss ihm das Telefon aus der Hand.

«Herr Kommissar, ich weiss nicht, was dir über die Leber gelaufen ist. Aber was immer es ist, sag es mir und wir reden darüber.» Sie öffnete die Nachrichten und drückte Gubler das Handy in die Hand. Die erste Nachricht war von Marco Pol: *Chau Alessandro. Eau sun darcho ragiundschibel. Am poust telefoner inavous.*[8]

Die zweite Nachricht kam von der Swisscom: *Wir heissen Sie herzlich willkommen bei Swisscom und wünschen Ihnen viel Spass mit Ihrem neuen Telefon. Wenn Sie Fragen haben, besuchen Sie unsere Website. Unter der Rubrik Telefonie finden Sie nützliche Tipps zu Ihrem neuen Gerät.*

Gubler sagte nicht, was er dachte. Er erhob sich von seinem Stuhl, ging auf Hanna zu und wollte sie in den Arm nehmen.

«Geh telefonieren!» Sie stiess ihn zurück.

Gubler verschwand im Büro. Er wollte Pol anrufen, aber das Telefon hatte sich schon wieder verabschiedet. Er drückte alle möglichen Knöpfe. Ohne Erfolg. Er ging zurück in die Küche. «Kannst du mir noch einmal zeigen, wie man dieses Wunderding einschaltet?»

Wortlos zeigte Hanna ihm jeden einzelnen Schritt, um das Telefon in Betrieb zu nehmen. Zurück im Büro wählte er Marco Pols Nummer. Dieser meldete sich sofort.

«Chau Alessandro. Danke, dass du anrufst. Ich kann dir alles erklären, aber nicht am Telefon.»

«In Ordnung. Sag mir, wann und wo. Ich werde da sein.»

«Hast du jetzt Zeit?»

Klang Pols Stimme nervös? Gubler sah auf die Uhr: 21:42. «Natürlich. Wo bist du?»

«Zu Hause in Samedan, wo sonst?»

«Woher soll ich wissen, wo du bist? Anscheinend kennen einige Journalisten deinen jeweiligen Aufenthaltsort besser als ich.»

«Alessandro, bitte lass den Sarkasmus.»

«In einer Viertelstunde auf dem Parkplatz bei der Feuerwehr in St. Moritz», schlug Gubler vor.

«Ich komme», antwortete Pol.

Er kehrte in die Küche zurück. «Ich muss noch mal weg. Könnte später werden. Warte nicht auf mich.» Er umarmte Hanna. «Tut mir leid.» Er gab ihr einen Kuss. «Wir reden morgen.» Er war froh, dass sie keine Fragen stellte. «Kann ich dein Auto nehmen?»

Hanna nickte, drehte sich von ihm ab und liess ihn stehen. Gubler fühlte sich schlecht.

Witwe Göker

Der Wecker schreckte Gubler auf. Er hatte schlecht geschlafen. Das Gespräch mit Marco Pol hatte ihn bis in die frühen Morgenstunden nicht einschlafen lassen. Mit der Hand tastete er das Bett ab. Er lag allein darin. Aus dem Bad hörte er das Plätschern der Dusche. Er zog sein T-Shirt und seine Unterhose aus und lief nackt zu Hanna unter die Dusche.

Frisch geduscht und ziemlich entspannt genoss er seine zweite Tasse Kaffee. Hanna schmierte sich bereits das dritte Stück Brot mit selbstgemachter Himbeerkonfitüre.

«Vergiss das Lammgigot nicht», schmatzte sie mit vollem Mund.

«Natürlich nicht», schwindelte Gubler. Er hatte ganz vergessen, dass sie am Wochenende bei den Raschèrs zu Gast waren. Hanna war für das Gigot zuständig und Erna Raschèr für die Beilagen. Er freute sich auf das gemeinsame Essen und die entspannte Gesellschaft. Vor allem Erna sorgte mit ihrer Ruhe und immer guten Laune für eine angenehme Atmosphäre, und die Abende wurden immer länger. Er sah auf die Uhr. Kurz vor neun.

«Ich muss los. Jenal kommt in fünf Minuten.» Er nahm den letzten Schluck Kaffee. «Nach der Arbeit gehe ich zum Metzger und hole das Gigot.» Er stellte die Tasse in die Abwaschmaschine. «Muss ich noch bezahlen?»

«Nein, alles erledigt. Nur abholen.»

Sein Handy vibrierte. Er gab den Code ein und sah auf das Display: *Eau spet davaunt porta. Mauro.*[9]

Erstaunt stellte Hanna fest, dass er offensichtlich seinen Frieden mit dem neuen Telefon gemacht hatte. «Hast du die Bedienungsanleitung auswendig gelernt?», spöttelte sie.

Er wollte antworten, unterliess es aber. Er war froh, dass sich Hannas Stimmung seit gestern Abend gebessert hatte. Mit einem leidenschaftlichen Kuss verabschiedete er sich. « Bis heute Abend.»

Gut gelaunt verliess er die Wohnung.

Der Feldweg zur *Chesa traunter cunfins* der Gökers führte querfeldein. Der kalte Nordwind blies ihnen erbarmungslos ins Gesicht. Gubler wunderte sich noch immer über die kühle Reaktion der Ehefrau, als er sie angerufen hatte, um ihr ihren Besuch anzukündigen: « Fragen, die zur Aufklärung des Falles führen, werde ich selbstverständlich beantworten.» Aber dass er und Jenal mit der Spurensicherung bei ihr vorbeikommen würden, empfand sie als « übertriebene Belästigung»: « Ich möchte nicht in meiner Wohnung verhört werden. Und ich weiss beim besten Willen nicht, was die Spurensicherung finden soll. Ich werde mich mit Ihnen in Verbindung setzen, um einen geeigneten Termin für die Einvernahme zu vereinbaren.» Gubler hatte auf seine Art geantwortet, was Frau Göker offensichtlich in den falschen Hals geraten war. Seiner Arroganz, ihren Wunsch nicht zu respektieren, begegnete die Witwe mit der Drohung: « Sie werden von meinem Anwalt hören!» So etwas perlte an ihm ab wie Wassertropfen an einem Palmblatt. Ja, er liebte solche Situationen sogar ein wenig. Während seiner langjährigen Tätigkeit als Kommissar in Zürich waren derartige Einschüchterungsversuche an der Tagesordnung gewesen und hatten sich meist als heisse Luft erwiesen. « Vielleicht ist es ganz gut, wenn Ihr Anwalt auch da ist. Wir kommen auf jeden Fall morgen bei Ihnen vorbei.» Damit war das Gespräch beendet gewesen. Das heisst, Frau Göker hatte aufgelegt, ohne sich zu verabschieden.

Inzwischen waren sie beim Anwesen der Gökers angekommen.

«Hast du den Durchsuchungsbefehl?»

Jenal schüttelte den Kopf. «Nein. Aber Staatsanwalt Degonda wird auch da sein. Anscheinend hat der Anwalt von Frau Göker alles versucht, um die Durchsuchung zu verhindern.»

«Interessant. Mal sehen, was sie zu verbergen hat.»

Auf dem Parkplatz vor dem Haus luden die Spezialisten der Spurensicherung ihre Koffer aus dem Auto. Ein grosser Mann stand hinter einem Porsche Cayenne und diskutierte wild gestikulierend mit Staatsanwalt Degonda. Gubler ging auf die beiden zu und unterbrach die Diskussion mit einem herzhaften «*Bun di signuors*».[10]

«Guten Morgen.» Staatsanwalt Degonda begrüsste ihn. «Darf ich vorstellen: Gian Pitschen Tambur, der Anwalt von Frau Göker.»

Gian Pitschen Tambur. Gubler erkannte seinen ehemaligen Klassenkameraden sofort. Gian Pitschen Tambur war, wie dessen Nachname schon sagte, aus seiner Sicht ein *tambur*, ein Dummkopf. Bis zur siebten Klasse hatten sie die gleiche Schulbank gedrückt. Nach der siebten verliess die Familie Tambur das Engadin. Sie sahen sich nie wieder. Gubler reicht ihm die Hand. «Du bist also Anwalt geworden.»

Tambur schien überrumpelt. «Kennen wir uns?»

Gubler gab keine Antwort.

«Hören Sie, Herr Kommissar. Ihre Durchsuchung ist unverhältnismässig. Ich werde beim Kantonsgericht Beschwerde gegen Sie einreichen.»

Gubler war froh, dass der Anwalt ihn nicht erkannte. Er beschloss, es dabei zu belassen. «Tun Sie, was Sie für nötig halten, Herr Tambur.» Er sprach ihn bewusst nicht mit «Herr Anwalt» an. «Aber jetzt gehen wir erst einmal ins

Haus und machen unsere Arbeit.» Er gab Tambur ein Zeichen. «Nach Ihnen.» Anwälte standen definitiv nicht weit oben auf Gublers Beliebtheitsliste, und dieser hier ging ihm schon nach wenigen Minuten auf die Nerven.

«Noch etwas, Gubler.» Tamburs Stimme klang plötzlich sanfter. «Der Bruder von Frau Göker, Collin, wohnt auch im Haus. Er leidet unter Autismus. Ich bitte Sie, nicht mit ihm zu sprechen. Es ist für ihn sehr belastend, wenn so viele fremde Menschen in seine gewohnte Umgebung eindringen.»

Gubler erinnerte sich an eine Theateraufführung in Zürich. Mit dem Verein *DRAUFF* spielten sie das Stück *Chaos im Kopf*. Eric, der Hauptdarsteller, war Autist. Die offenen Worte von Erics Vater zu Beginn der Vorführung waren ihm im Gedächtnis haften geblieben: «Ich möchte euch kurz über Erics Situation informieren. Menschen mit Autismus sprechen wenig. Gestik, Körpersprache, Blickkontakt, Mimik und soziale Interaktion fehlen völlig. Das Einfühlungsvermögen in andere Menschen ist gestört. Ausserdem mangelt es an adäquaten Reaktionen in sozialen Situationen, so dass zwischenmenschliche Beziehungen kaum möglich sind. Dagegen sind Objektbeziehungen, also Beziehungen zu Gegenständen, bei Eric besonders ausgeprägt. Ich glaube aber, dass er sich auf das Projekt freut, auch wenn er es nicht zeigen kann.»

Die Proben waren eine echte Herausforderung gewesen und hatten von allen Beteiligten viel Verständnis verlangt. Umso grösser war dann die Freude bei den Aufführungen. Die lokale Presse war voll des Lobes gewesen.

Im Flur zog Gubler blaue Plastiküberzieher über seine Schuhe. Jenal hatte grüne bekommen.

Er wollte gerade etwas sagen, als eine attraktive, mittelgrosse Frau auftauchte. Der enge Blazer, den sie trug, passte farblich perfekt zu den leichten Hausschuhen. Ihre Frisur sah so frisch aus, dass er sich kurz fragte, ob sie einen Coiffeur in ihrem Haushalt beschäftigte. Die rubinrote Halskette und die ebenfalls exakt dazu passenden Ohrringe stammten sicher nicht aus dem Versandhandel. Ihr Alter war nicht zu schätzen. Ihm gefiel die Frau.

Ein kühles «Guten Morgen» wehte ihm entgegen. Sie gab sich keine Mühe, freundlich zu sein. «Mein Anwalt hat mich gerade über meine Rechte und Pflichten aufgeklärt. Bringen wir diese überflüssige und unsinnige Aktion hinter uns.» Sie drehte sich um. «Folgen Sie mir. Sie werden hier nichts finden.»

Geschmeidig wie eine Gazelle schritt sie voran.

Nach knapp zwei Stunden war die Durchsuchung beendet. Gubler und Jenal standen vor dem Haus und warteten auf die Spurensicherung. Tambur hatte sich bereits mit einem schnippischen «Sie hören von mir» verabschiedet. Der Staatsanwalt trat auf Gubler zu.

«Ich erwarte Ihren Bericht über die Hausdurchsuchung bis heute Abend auf meinem Schreibtisch. Ich hoffe, dass er brauchbare Erkenntnisse zu Gökers Tod liefert. Sonst werde ich Mühe haben, die Notwendigkeit Ihres Vorgehens zu rechtfertigen.»

Er musterte Gubler von oben bis unten, als wolle er ihn durchleuchten. «Sie werden von mir hören.»

«Dann seid ihr schon zu zweit», murmelte Gubler. Wütend kickte er einen kleinen Schneebrocken, der zu einem Eisklumpen gefroren war, über eine kniehohe Schneemauer. Er beobachtete den Staatsanwalt, der auf dem Parkplatz vor dem Haus etwas unbeholfen versuchte, sein Auto zu wenden.

«Noch einmal, und er hat es geschafft», scherzte Jenal. «Wenn der Herr Staatsanwalt so arbeitet, wie er Auto fährt, brauchen wir uns keine Sorgen zu machen.»

Gubler musste lachen.

Sie sahen Degonda hinterher, der es endlich geschafft hatte, sein Fahrzeug zu wenden, und ohne zu schauen in die Gemeindestrasse einbog. Das herannahende Postauto musste stark abbremsen, um eine Kollision zu vermeiden. Das laute Hupen und die Verärgerung des Postautochauffeurs bemerkte Degonda nicht. Achselzuckend entschuldigten sich Gubler und Jenal im Namen des Staatsanwalts gestisch beim Chauffeur. Dieser quittierte die Entschuldigung mit einem Tippen an die Stirn und fuhr weiter.

Gubler zog sein Notizbuch aus der Jackentasche und blätterte darin, bis er die gesuchte Seite gefunden hatte. «Ich glaube, mit der Witwe Göker stimmt etwas nicht.»

Jenal sah ihn fragend an. «Was soll denn nicht stimmen? Die Frau hatte auf alle Fragen plausible Antworten, und auch ihr Alibi, dass sie den ganzen Abend mit ihrem Bruder zu Hause war, ist einleuchtend.» Jenal schlug den Kragen seiner Jacke hoch. Der starke Nordwind blies gefühlte minus zwanzig Grad talaufwärts Richtung Maloja. «Ich glaube nicht, dass sie ihren Bruder allein zu Hause gelassen hat. Du hast doch eben selbst gesehen, wie er reagiert, wenn er sich bedrängt fühlt, und wie sehr er auf sie fixiert ist.»

Gubler suchte vergeblich nach seinem Schal, den er zu Hause vergessen hatte. Vielleicht hatte Jenal recht. Es schien tatsächlich so, als hätte die Frau nichts mit dem Tod ihres Mannes zu tun. Aber Gubler war eben Gubler und sein Bauchgefühl war eben sein Bauchgefühl, und das hatte ihn selten getäuscht. Für solche Situationen hatte er seinen eigenen Ausdruck: *Situaziun spüzzulenta.*[11] «Vielleicht hast du recht, Mauro. Aber ich bleibe dabei. Irgendwas ist hier nicht koscher.» Jenal nahm Anlauf für weitere Argumente. Doch Gubler liess ihn nicht zu Wort kommen. «Du warst in den gleichen Räumen wie ich. Ist dir nichts aufgefallen?»

Jenal wusste nicht, worauf Gubler hinauswollte. «Nein», überlegte er. «Es sei denn, du meinst die ganz besonderen Bilder, die überall im Haus hängen und für die man eine schriftliche Erklärung braucht, um zu verstehen, was genau darauf zu sehen ist.»

Gubler winkte ab. «Vergiss die Bilder.» Über Jenals Witz konnte er nicht lachen.

Langsam ging Jenal dieser Gubler auf die Nerven. Und es war kalt. Verdammt kalt sogar. «*Cha'l diavel porta. Alessandro, our culla pomma.*[12] Was willst du von mir wissen?» Sofort bereute er seine forschen Worte und war froh, dass in diesem Moment die Leute von der Spurensicherung aus dem Haus kamen. Nach einem kurzen Austausch und den üblichen Informationen verabschiedeten sie sich, luden ihre Sachen ins Auto und fuhren ebenfalls davon. Von rechts kam der Engadin-Bus. Die Kriminaltechniker liessen ihn vorbeifahren und bogen dann in die Strasse ein.

«Entschuldige meinen Wutausbruch, aber mir ist kalt.»

Gubler winkte ab. «Mir auch.»

Der Sommelier

Die Temperaturanzeige auf dem Armaturenbrett zeigte minus achtzehn Grad an. Jenal fuhr langsam hinter einem Wohnmobil mit italienischen Kontrollschildern her. Auf der Seestrasse gab es nur wenige Stellen, an denen man überholen konnte, doch meistens kam ein Fahrzeug entgegen und die Chance war vertan.

Gubler war es recht. Er genoss die gemächliche Fahrt. Aus dem Seitenfenster beobachtete er fasziniert, wie sich die Snowkiter bei strahlendem Winterwetter von einem Zugdrachen in hohem Tempo über den zugefrorenen Silvaplanersee ziehen liessen. Die meisten standen auf normalen Alpinski, andere hatten sich ein Snowboard an die Füsse geschnallt. Er war immer wieder erstaunt, wie viele Sportarten im Engadin möglich waren und angeboten wurden. Kurz vor dem Kreisel beim Camping Silvaplana warb eine riesige elektronische Werbetafel für das Oberengadiner Dorf mit seinen drei Schlagworten: *Ova. Vent. Muntagnas.*

Gubler musste lachen. «Was meinst du, Mauro? Wie viele Leute, die an dieser Tafel vorbeifahren, verstehen diese Worte?»

Jenal antwortete nicht.

Nachdem die Spurensicherung gegangen war, waren sie zurück nach Sils Maria gelaufen. Vom alten, umgebauten Bauernhaus der Gökers, das in Sils Baselgia stand, bis zum Parkhaus Fedacla hatten sie nur zehn Minuten gebraucht. Jenal hatte das Auto dort abgestellt, als er Gubler am Morgen von zu Hause abgeholt hatte. Sie hatten auf dem Weg zum Parkhaus kein Wort miteinander gesprochen.

Gubler sah auf die Uhr. Viertel vor zwölf. «Hast du auch Hunger?»

«Ich habe immer Hunger.»

«So siehst du aber nicht aus.»

«Gesunde Ernährung und ...», er sah Gubler von der Seite an, «Sport.»

Gubler verstand den Wink mit dem Zaunpfahl sofort. «Schon gut, Mauro. Im Sommer gehen die paar Kilos locker wieder weg.»

«Du verbringst den Sommer also wieder auf der Alp Muot Selvas?»

«Das ist so sicher wie das Amen in der Kirche!»

Inzwischen waren sie in St. Moritz angekommen. «Lass uns ins Hotel Murezzan gehen. Dort gibt es das beste Cordon bleu, gesunde Gemüseteller und einen grossen Parkplatz vor dem Haus», schlug Jenal vor.

Das Hotel Murezzan kannte Gubler gut. Die Besitzer, Patrick und Selma, waren gute Freunde von Hanna. Er mochte die beiden, obwohl sie für seinen Geschmack zu sportlich waren. Selma war vor Jahren als Marketingspezialistin ins Spital Oberengadin gekommen und hatte dort Patrick kennengelernt, der in der Unfallchirurgie arbeitete. Nach Jahren in der Medizin, die immer stressiger wurde, wagten die sie vor vier Jahren den Ausstieg und versuchten sich als Gastronomen. Die Quereinsteiger hatten auf Anhieb Erfolg.

Gubler und Jenal genossen gerade ihr Tiramisu, als Patrick auf sie zukam. «Du hast mich zu Tode erschreckt, Alessandro.»

Gubler verstand nicht.

«Katja, unsere Rezeptionistin, hat mich angerufen.» Patrick winkte den Kellner zu sich. «Zwei Männer von der Kriminalpolizei seien hier. Ich müsse sofort kommen.» Er bestellte beim Kellner zwei Espressi und für sich selbst einen Pfefferminztee. «Hätte ich gewusst, dass du es bist», er begrüsste die beiden mit einem kräftigen Händedruck, «hätte ich mein Training nicht sofort abgebrochen.» Er sah sich kurz um. «Ich hoffe, es gibt keine Probleme mit jemandem aus meinem Team?»

Gubler winkte ab. «Nein.» Er schob sich das letzte Stück Dessert in den Mund. «Überhaupt nicht.»

Der Kellner kam und brachte die Getränke.

«Sagt dir der Name Rafael Göker etwas?», fragte Gubler, als der Kellner gegangen war.

Patrick überlegte. «Rafael Göker, hast du gesagt?»

Gubler nickte und wischte sich mit der Stoffserviette über den Mund.

«Sollte ich ihn kennen?»

«Keine Ahnung. Er ist ein Weinhändler aus dem Aargau oder so.»

«Weinhändler? Nein. Sagt mir nichts», erwiderte der Hotelier und nippte an seiner Tasse. Er stellte sie wieder ab. Der Tee war noch zu heiss. «Wenn du etwas über Weinhändler wissen willst, fragst du am besten meinen Sommelier.»

Er nahm sein Haustelefon und tippte eine Nummer ein. Nach dreimaligem Klingeln meldete sich jemand am anderen Ende. «Ja, hallo Raini, kannst du bitte kurz ins Restaurant kommen? Danke.» Patrick legte den Hörer wieder auf den Tisch.

«Wie läuft es im Tourismusbüro?» Gubler erinnerte sich an den Bericht in der *Engadiner Post* über das Debakel mit der Reithalle. Nach dem Nein zur Umnutzung und den dafür nötigen Millionen war der gesamte Vorstand zurückgetreten.

Patrick winkt energisch ab. «Das Nein zur Umnutzung ist völlig unverständlich. Klar, die Meinungen und Positionen lagen weit auseinander, aber der Vorwurf, dass die gesamte Misere allein beim Vorstand liegt, ist einfach an den Haaren herbeigezogen.» Während er seinen Standpunkt erläuterte, näherte sich ein grosser, korpulenter Mann mit Glatze. Patrick unterbrach seinen Vortrag. «Raini, hast du kurz Zeit für die beiden Herren?»

Gubler und Jenal standen auf.

«Klar, gerne. Gehen wir an die Bar, da sind wir ungestört», schlug Rainer vor.

Gubler war irritiert. Irgendwoher kannte er den Sommelier. Vor allem die Stimme kam ihm bekannt vor. Sein inneres Auge spulte die ganze Bilderdatenbank der «bekannten Gesichter» in seinem Hirn ab. Woher kannte er diesen Raini? Er konnte ihn nirgends einordnen. Noch nicht.

«Nach Ihnen, Herr Kommissar Gubler.»

«Danke.»

«Es ist lange her, seit wir uns das letzte Mal gesehen haben.»

«Ja. Ich schätze drei Jahre», schwindelte Gubler.

«Es muss länger her sein. Ich bin jetzt das zweite Jahr hier in St. Moritz und davor war ich fünf Jahre auf Mallorca. Also muss es mindestens sieben Jahre her sein.»

«Ja, die Uhr kann stehen bleiben, aber die Zeit läuft weiter.» Gubler fiel keine bessere Antwort ein. Er hatte keine Ahnung, woher sie sich kannten.

Die Bar war leer. Patrick knipste das Licht an. «Braucht ihr mich?»

Gubler schaute Jenal an, der kopfschüttelnd verneinte.

Patrick verabschiedete sich und schloss die Tür hinter sich. Gubler, Jenal und Rainer setzten sich an einen runden Tisch in der hinteren Ecke. Gubler zückte seinen Notizblock und wiederholte die Frage, die er schon dem Hotelier gestellt hatte: «Sagt Ihnen der Name Rafael Göker etwas?» Er sah, wie der Sommelier kaum merklich zusammenzuckte, sich aber sofort wieder fasste und versuchte, entspannt zu wirken.

«Natürlich sagt mir der Name etwas. Er war erst vor … lassen Sie mich nachdenken», er nahm seinen übergrossen Terminkalender mit dem Logo einer holländischen Getränkefirma und blätterte ihn durch, «letzte Woche am …», er blätterte weiter, «am Mittwoch war er hier. Genau, am Mittwoch.» Rainer zeigte auf den Eintrag im Terminkalender. Der Termin mit dem Weinhändler war mit der Notiz *Göker kommt, Degu* für elf Uhr eingetragen. «Wir haben verschiedene Weine aus Spanien, Italien und der Türkei verkostet.» Er schlug das Buch zu.

«Die Türkei produziert Wein?» Jenal war überrascht. Er war zwar kein grosser Weintrinker, aber Wein aus der Türkei hatte er bestimmt noch nie getrunken.

«Sie haben recht. Der Weinbau in der Türkei spielt heute eine eher untergeordnete Rolle. Meistens werden einfache Weine produziert. Aber in den letzten Jahren haben einige Winzer gute Arbeit geleistet und heute machen sie durchaus auch schöne Weine.»

Rainer fuhr sich mit der Hand über den kahlrasierten Kopf, als wolle er sich die Haare zurückstreichen. Gubler durchforstete immer noch sein Gedächtnis und ärgerte sich, dass er nicht wusste, woher er diesen Mann kannte.

«In internationalen Hotelketten haben diese Weine einen respektablen Stellenwert erreicht.» Rainer machte eine Pause und wartete, bis der Kellner die drei Wassergläser gefüllt hatte und wieder verschwunden war. «Die grosse Stärke der türkischen Weine sind die vielen autochthonen Rebsorten. Damit können sich die Weingüter von der grossen Konkurrenz abheben und den Weinliebhabern ganz neue Aromen präsentieren. Ausserdem …»

Gubler hatte genug von Rainers Weinschulung und unterbrach ihn: «Göker war also letzte Woche bei Ihnen?»

Seine Frage überraschte den Sommelier. «Äh, ja. Das habe ich doch schon erwähnt.» Er wirkte plötzlich nervös. «Wir hatten, wie gesagt, eine Weinverkostung, und er wollte heute oder morgen noch einmal vorbeikommen und mir zwei Flaschen *Bogazkere Prestige* bringen.»

«Kennen Sie Göker schon lange?», fragte Gubler. Er wollte den Weinguru aus der Reserve locken. Er war sich sicher, dass der Sommelier noch nicht alles gesagt hatte, was er wusste.

«Noch nicht so lange. Das war vor drei Jahren an einer Weinmesse.»

Gubler blätterte in seinem Notizbuch und wurde fündig. «Sie haben sich also auf Mallorca kennengelernt?»

«Auf Mallorca? Wie kommen Sie auf Mallorca?»

Gubler zeigte ihm sein Notizbuch.

«Vielleicht vor zwei Jahren. Mit den Jahren habe ich so meine Probleme.» Rainer wurde immer nervöser. «Wie gesagt, genau weiss ich es nicht mehr. Aber wenn Sie wollen, hole ich Ihnen seine Visitenkarte und seine Firmenbroschüre.» Er legte seinen Terminkalender auf den Tisch. «Vielleicht hilft Ihnen das weiter. Warten Sie einen Moment hier.» Er erhob sich aus dem Sessel und verliess hüftschwingend die Bar.

Gubler sah ihm nach. «Er lügt und er verschweigt uns einiges.»

«Woher kennt ihr euch?», wollte Jenal wissen.

Gubler schüttelte den Kopf. «Das wüsste ich auch gerne. Ich frage mich die ganze Zeit, wo ich ihn unterbringen soll.»

Gubler sah auf die Uhr: Eine Viertelstunde war vergangen, seit der Sommelier den Raum verlassen hatte.

«Die Firmenbroschüre scheint noch gedruckt zu werden», lachte Jenal.

Gubler stand auf und winkte ihm zu: «Komm. Gehen wir zum Empfang. Die sollen diesen Rainer suchen.» Er war stinksauer.

Katja, die Rezeptionistin, hatte keinen Erfolg. Sie konnte ihn nirgends finden. Auch Patricks Versuche, ihn auf dem Handy zu erreichen, blieben erfolglos. Katja schickte eine Angestellte in die Via Segantini, wo Rainer wohnte. Aber auch dort war der Sommelier nicht anzutreffen.

Er war spurlos verschwunden.

Zauberwürfel I

Gubler war früher als sonst im Büro. Er hatte in letzter Zeit schlecht geschlafen. Der Fall Göker beschäftigte ihn mehr, als ihm lieb war. Er und Jenal kamen einfach nicht weiter. Er haderte mit seinem neuen Teilzeitjob. In Zürich hatte er sich über die Jahre eine «Spitzelbande», ein Informanten-Netzwerk, aufgebaut. Hier im Engadin fehlte sie ihm. Er konnte nirgends mit gezielten Fragen Unruhe stiften, in der Hoffnung, dass jemand aus Nervosität einen Fehler begehen würde und er den nächsten Schritt machen könnte. Er schaute auf die Pinnwand. Drei Wochen waren seit Gökers Tod vergangen. Sein Blick wanderte über die Wandtafel und blieb am Punkt *offene Fragen* hängen. Alle Kernfragen waren mit einem roten Fragezeichen versehen.

Er war alles andere als zufrieden mit der Gesamtsituation. Neben dem Fall Göker lag ihm auch die Situation mit Marco Pol auf dem Magen. Das Gespräch zwischen Ihnen hatte keine Klärung gebracht, Marco Pol verschwieg ihm etwas. Er hatte ihm ausser einigen allgemeinen Angaben, woher er Göker kannte, keine Auskunft darüber gegeben, was er mit diesem zu tun gehabt hatte oder ob an diesem letzten Abend etwas Besonderes zwischen Ihnen vorgefallen war. Nur ihn immer wieder im Namen ihrer Freundschaft beschworen, er solle es bitte gut sein lassen und nicht weiter nachbohren.

Gubler war in den letzten Tagen unausstehlich, was der angespannten Stimmung zwischen ihm und Hanna nicht gerade zuträglich war. Irgendwie fühlte er sich leer, und das strahlende Engadiner Wetter ging ihm auf die Nerven. Kurz gesagt: Er vermisste Zürich und das pulsierende Leben einer Grossstadt. Er nahm seine Daunenjacke vom Stuhl und verliess das Büro. Er musste raus, aber nicht an die frische Luft.

Er wollte unter Menschen sein. Auf dem Flur drückte er den Liftknopf und fuhr hinunter in die Tiefgarage. Er durchquerte die unterste Etage bis zum Aufgang des neuen Einkaufszentrums Porta Samedan. Das war sein Rückzugsort, das Zentrum musste als Ersatz für Zürich herhalten. Im ersten Stock angekommen, wollte er ins Migros-Restaurant gehen, überlegte es sich aber anders, als er die Warteschlange an der Selbstbedienungstheke sah. Wie jeden Mittag war das Restaurant voll. Er nahm die Rolltreppe und fuhr weiter nach oben. Dort schlenderte er durch den Laden in Richtung Elektronikabteilung. Ohne genauen Plan schaute er sich die Notebooks, Tablets, Fernseher und Küchengeräte an. Jedes Mal, wenn er den Verkäufer auf sich zukommen sah, wechselte er zum nächsten Regal. Bei den Smartphones konnte er dem übermotivierten Verkäufer nicht mehr ausweichen.

«Darf ich Ihnen die neuesten Modelle zeigen oder suchen Sie etwas Bestimmtes?»

Gubler wollte erneut davonlaufen, überlegte es sich dann aber anders: «Haben Sie Handyhüllen?»

«Natürlich. Was für ein Handy haben Sie denn?»

Gubler holte sein neues Smartphone aus der Jackentasche und reichte es dem Verkäufer.

«Ein iPhone 15, sehr gute Wahl.»

Gubler nickte nur.

«Ich habe zwei Modelle auf Lager. Eines mit Visitenkartenfach und eines ohne, dafür aber aus echtem Leder.»

Er entschied sich für das Ledermodell.

«Sie brauchen also kein Visitenkartenfach?»

«Ich habe keine Visitenkarten.»

«Das Fach kann man auch für die Bankkarte oder den Führerschein benutzen.»

«Leder gefällt mir besser.»

«Lassen Sie mich mal schauen, vielleicht finde ich ja doch noch ein anderes Modell bei uns im System.»

«Ich habe mich entschieden.» Er hatte genug. Er wollte den Laden verlassen und vor allem hatte er keine Lust mehr, sich mit den Möglichkeiten einer Handyhülle zu beschäftigen. Mit seiner neuesten Errungenschaft macht er sich auf den Weg zur Kasse.

«Haben Sie eine Cumulus-Karte?» Natürlich hatte er keine. «Möchten Sie eine beantragen?»

«Nein. Ich möchte nur bezahlen.»

Vor einem Mülleimer am Ausgang des Einkaufszentrums zog er die Handyhülle aus der Verpackung und steckte sein Handy hinein, als es klingelte. Es war Marco Pol. Gubler drückte auf die Annahmetaste und meldete sich mit einem knappen «Ciao». Er hörte sich Pols Ausführungen an und war erleichtert, als dieser ihm vorschlug, sich in Zürich zu einem klärenden Gespräch zu treffen. Er sagte sofort zu und versprach ihm, auch Hanna mitzunehmen, wenn sie Lust hätte. Sie verabschiedeten sich. Gubler zückte sein Notizbuch und notierte sich das Datum des Treffens.

Etwas besser gelaunt machte er sich auf den Weg ins Restaurant. Es war immer noch voll, aber an der Fassstrasse, wo das Essen ausgegeben wurde, standen nur noch zwei ältere Damen und unterhielten sich mit dem Koch. Gubler ging direkt zur Schnitzel-Pommes-Ausgabe. Während er darauf wartete, dass das panierte Fleischstück im heissen Öl frittiert wurde, füllte er sich ein Glas Fanta. Mit dem Serviertablett und der Tageszeitung unter dem Arm setzte er sich ganz hinten an einen Zweiertisch. Er mochte diese Art von Restaurant. Es war immer etwas los und doch blieb alles anonym. Er vermisste Zürich.

Während er sein Menü verzehrte, sah er drei Tischreihen weiter die Witwe Göker mit dem Rücken zu ihm sitzen. Ihr

Bruder Collin sass ihr gegenüber. Daneben ein Mann, den Gubler nicht kannte. Collin drehte an einem Zauberwürfel. Gubler erinnerte sich an die Hausdurchsuchung vor drei Wochen. Collins Zimmer war vollgestopft mit diesen Dingern. Die Geschwindigkeit und Ruhe, mit der Collin die Würfel drehte und in kürzester Zeit löste, hatte ihn fasziniert. «Wenn ein Autist eine Aufgabe hat, die ihm Sicherheit gibt, ist er meistens ruhig», hatte Hanna ihm später erklärt. Doch jetzt wirkte Collin fahrig. Immer wieder fiel ihm der Würfel aus der Hand. Frau Göker bemerkte die Unruhe ihres Bruders. Sie wollte gerade das Restaurant verlassen, als Collin mit dem Arm über den Tisch wischte. Das gesamte Geschirr glitt über die Tischplatte und zersprang scheppernd auf dem Boden. Der unbekannte Mann stand plötzlich auf und versuchte, Collin am Arm zu packen, was alles nur noch schlimmer machte. Collin drehte völlig durch und brüllte wie von Sinnen durch das ganze Lokal. Nur mit grösster Mühe gelang es Frau Göker, ihren Bruder einigermassen zu beruhigen und ihn sanft zur Ausgangstür zu schieben. Währenddessen unterhielt sich der sichtlich verärgerte Mann mit einer Angestellten und half ihr, die Scherben aufzuräumen.

Gubler suchte sein Notizbuch und schrieb stichwortartig auf, was geschehen war. Er liess sein Essen stehen und folgte in gebührendem Abstand dem Unbekannten, der sich in der Zwischenzeit bei der Angestellten entschuldigt und ebenfalls das Restaurant verlassen hatte.

Frau Göker und Collin standen auf der anderen Strassenseite vor einem Holzgebäude, das als Schreinerei genutzt wurde. Sie versuchte weiterhin, ihren Bruder zu besänftigen, was ihr nur mässig gelang. Als sie ihren Begleiter sah, der ebenfalls die Strasse überquerte und auf sie zukam, herrschte sie ihn an: «Bleib, wo du bist! Du machst alles nur noch schlimmer. Lass uns in Ruhe und verschwinde endlich!»

Gubler war von ihrem Ausbruch überrascht. Bei der Hausdurchsuchung hatte sie absolut beherrscht gewirkt. Und nun diese Reaktion auf offener Strasse. Sie war kaum wiederzuerkennen, wirkte hysterisch und hatte sich nicht mehr unter Kontrolle. Der Unbekannte drehte sich um und lief zurück ins Einkaufszentrum. Gubler sah, wie sich Collin beruhigte, als dieser ausser Sichtweite war. Er musste herausfinden, wer der Mann war. Und warum Collin einen solchen Wutausbruch gehabt hatte. Er lief dem Unbekannten hinterher. In der Tiefgarage stieg dieser in einen Range Rover und brauste davon. Gubler nahm sein Handy und wollte den Wagen fotografieren. *Bitte Code eingeben.* Fluchend suchte er nach seinem Notizbuch und notierte das Kennzeichen.

Der Liebhaber

Das Lammgigot war ein Traum, und das Püree aus Süsskartoffeln passte perfekt dazu. Gubler hatte seinen Lieblingswein mitgebracht, einen Fabelhaft aus Portugal. Die Stimmung bei den Raschèrs war wie immer ausgelassen, und auch Hanna wirkte entspannt.

Die Zeit nach der Corona-Pandemie hatte bei ihr Spuren hinterlassen. Arbeitstage von zehn Stunden am Stück waren schon fast normal geworden. Vor allem Jugendliche suchten immer öfter Hilfe beim psychiatrischen Dienst in St. Moritz. Neben der anstrengenden Arbeit machten ihr vor allem die Zukunftsängste der Jugendlichen zu schaffen. Diese Situation und Gublers Arbeitsfrust ergaben eine giftige Mischung. Er genoss die unbeschwerten Stunden mit ihren Freunden und hoffte, dass Hanna die gute Stimmung mit nach Hause nehmen würde.

Als hätte sie geahnt, was er dachte, drückte sie ihm einen Kuss auf den Mund und half Erna, den Tisch abzuräumen. Raschèr kannte Gublers Gemütszustand. Sie hatten in letzter Zeit oft und offen darüber gesprochen.

Gubler war froh, in ihm jemanden zu haben, mit dem er über alles reden konnte. Seit er in Zürich alle Zelte abgebrochen hatte, fehlte ihm der Kontakt zu seinen Freunden. Hier in Sils kannte er zwar inzwischen viele Leute, und auch die Sprache seiner Kindheit, das Rätoromanische, ging ihm wieder leichter über die Lippen. Aber Freundschaften hatte er keine geschlossen. Die Leute waren zwar alle freundlich zueinander, aber er hatte immer das Gefühl, dass alles sehr oberflächlich war. Hinzu kam, dass das Verhältnis zwischen ihm und Marco Pol seit den Ermittlungen zum Todesfall Göker Risse bekommen hatte.

Raschèr bemerkte Gublers Niedergeschlagenheit. Er erhob sich vom Tisch, ging zur Garderobe und kam mit zwei dicken Jacken zurück. Er warf Gubler eine davon zu, nahm die halb gerauchte Brissago aus dem Aschenbecher und öffnete die Balkontür. «Ich brauche frische Luft.» Ohne auf ihn zu warten, trat er hinaus in die kalte Winterluft.

Gubler schlüpfte in seine Jacke und folgte ihm.

«Also, schiess los.» Raschèr zündete sich die Brisago erneut an und nahm einen tiefen Zug.

«Ich habe heute Frau Göker im Migros-Restaurant gesehen. Sie war in Begleitung ihres Bruders und eines unbekannten Mannes.» Gubler machte eine Pause. Er wusste, dass Raschèr nicht sofort antworten würde. «Gross, grau meliertes Haar, gut gekleidet, um die sechzig.» Wieder wartete er einen Moment, bevor er weitersprach: «Kannst du mir helfen?»

«Peter Fähnrich. Er hat eine Ferienwohnung beim Muot Marias. Nach seiner Scheidung verbringt er den ganzen Winter auf der Skipiste oder auf dem Curlingplatz.» Raschèr zog an seiner Brissago. «Er hat in St. Gallen eine grosse Schreinerei, die von seinen Söhnen geführt wird. Er selbst arbeitet als Innenarchitekt.»

Gubler wurde kalt, er wollte das Gespräch aber auf keinen Fall unterbrechen. «Und was verbindet diesen Fähnrich mit der Witwe Göker?»

«Er ist ihr Liebhaber, würde ich sagen.»

«Wie, Liebhaber?»

«Die beiden sind ein Paar. So wie Hanna und du.»

«Was, wie Hanna und ich? Das ist etwas ganz anderes.»

«Ach ja?» Raschèr warf ihm einen langen Blick zu und zündete sich eine neue Zigarre an.

«Falsches Thema.» Gubler wandte sich ab. «Du solltest weniger rauchen.»

«Falsches Thema», grinste Raschèr.

«Gut. Was weisst du noch?»

«Fähnrich war für die Holzarbeiten beim Umbau der Acla Nuzzo zuständig, und da ist wohl der Funken zwischen den beiden übergesprungen.»

«Funken? Bei einem Schreiner fliegen doch eher die Späne.»

Raschèr lächelte müde über den Scherz. «Er ist Innenarchitekt, kein Schreiner. Jedenfalls pfeifen es die Spatzen längst von den Dächern, dass zwischen den beiden mehr als nur Geschäftliches läuft.» Raschèr machte eine Pause, blies den Rauch seiner Brissago in die kalte Nacht. Gubler wartete.

«Rafael hatte extrem Mühe mit dieser Situation. Er liebte seine Frau abgöttisch.»

«Woher weisst du das alles?»

Raschèr zuckte mit den Schultern und schwieg.

Gubler hatte Mühe, sich zu beherrschen. Er hasste solche Situationen. Oder vielmehr die Verschlossenheit der Einheimischen. Zwar hatte er sich inzwischen damit abgefunden, dass die Kommunikation mit Fremden wenig ergiebig war. Aber bei Raschèr überraschte ihn die plötzliche Zurückhaltung. Wusste er mehr, als er sagen wollte? Oder hatte er vielleicht sogar etwas zu verbergen? Er zitterte. Diese verfluchte Winterkälte!

«Komm, lass uns reingehen, bevor du dich erkältest.» Raschèr drückte die Zigarre aus und öffnete die Balkontür.

«Warte», hielt Gubler ihn zurück. «Heute machte es nicht den Eindruck, als wären die Witwe und der Fähnrich ein Herz und eine Seele.» Er erzählte, was er im Restaurant gesehen hatte.

Raschèr hörte seinen Ausführungen wortlos zu. Dann meinte er nur: «Komm, lass uns reingehen. Mir wird auch kalt.»

Gubler war kurz davor, zu explodieren. Das konnte nicht sein. «Verdammte Scheisse, Raschèr. Was ist eigentlich mit euch los? Muss man euch jedes Wort aus der Nase ziehen?» Er zitterte immer stärker. «Jetzt sag endlich, was du weisst!»

Raschèr stand inzwischen an der Balkontür und drehte sich zu ihm um. «Mache ich. Aber lieber in der warmen Stube bei einem Corretto Grappa.»

Er liess ihn stehen und ging hinein.

Rutschpartie

Gubler sass mit einer Tasse Kaffee am Küchentisch. Erstaunlicherweise hatte er wieder einmal durchgeschlafen, obwohl er bei den Raschèrs viel zu viel gegessen hatte. Hanna schlief noch. Er sah auf die Uhr. Sie hatte die nächsten drei Tage frei und nach langen Diskussionen und auf sein Drängen hin eingewilligt, mit ihm nach Zürich zu fahren. Eigentlich hatte sie die Zeit anders nutzen und wieder einmal auf die Furtschellas fahren und ein paar Schwünge in den Schnee ziehen wollen. Doch schliesslich hatte sie nachgegeben. Er selbst war hin- und hergerissen. Einerseits freute er sich, endlich aus dem Tal herauszukommen, andererseits bereitete ihm die Sache mit Marco Pol Bauchschmerzen. Doch gleichzeitig war er erleichtert, dass er bereit war, mit ihm über diese unangenehme Situation zu sprechen. Seit ihrem letzten Treffen nach dem Zeitungsartikel über Gökers Tod und dem Telefonat, bei dem sie den Termin vereinbart hatten, hatten sie keinen Kontakt mehr gehabt. Die ganze Situation ging ihm an die Substanz.

Er stellte die leere Tasse in den Geschirrspüler, füllte den Wasserkocher und ging ins Schlafzimmer, um Hanna zu wecken.

In der Nacht hatte es zum Glück weniger geschneit als vorhergesagt. Gubler war erleichtert, denn er war es nicht mehr gewohnt, auf Schnee zu fahren, und Hanna hatte sich geweigert, sich ans Steuer zu setzen. «Wenn du unbedingt das Auto nehmen willst, musst du fahren», hatte sie geantwortet.

Sie lag halb wach im Bett. Gubler zog die Vorhänge auf und öffnete das Fenster. Hanna verkroch sich tiefer unter der

Decke. «Bist du verrückt? Mach das Fenster zu. Ich habe nichts an.»

«Gut. Ich freue mich auf den Anblick,» lachte er verschmitzt, schloss das Fenster und wartete. Hanna krabbelte aus dem Bett und stand nackt vor ihm. Er musterte sie. Ein Kribbeln durchlief seinen Körper. Er ging auf sie zu und wollte sie umarmen.

«Hände weg! Jetzt ist nicht die Zeit für Dessert.» Sie liess ihn stehen und ging unter die Dusche.

Seit fast zwei Jahren lebten sie nun zusammen. Es war nicht immer einfach. Gubler musste sich eingestehen, dass er sich in den Jahren des Alleinlebens in Zürich zum Egoisten entwickelt hatte. Hanna hatte ihn kürzlich darauf angesprochen. «Selbstreflexion» nannte sie das Gespräch. Das Ergebnis war, dass er noch unsicherer wurde. Er liebte sie, keine Frage, und er konnte sich auch eine gemeinsame Zukunft mit ihr vorstellen. Aber wenn er ehrlich war, fehlte ihm die Stadt. Und von der Polizeiarbeit hatte er genug. Der Fall Göker hatte ihm den Rest gegeben. Dass er immer noch keine nennenswerten Ergebnisse vorweisen konnte, machte ihn wütend. In letzter Zeit waren er und Jenal deswegen öfter aneinandergeraten, was zu einer Aussprache mit seinem Chef Enea Cavelti und einer Ermahnung geführt hatte. Mehr noch: Man wollte ihm sogar den Fall entziehen. Sein Stolz war verletzt. So etwas war ihm in seiner ganzen Laufbahn noch nie passiert. Er hatte das Gefühl, dass sich alle und alles gegen ihn verschworen hatten. Er hatte einen Tiefpunkt in seinem Leben erreicht. Nach seiner Entlassung bei der Stadtpolizei Zürich hatte sich die Spirale immer schneller nach unten gedreht. So konnte es nicht weitergehen. Diese Einschätzung hatte ihm Hanna offen und unverblümt an den Kopf geworfen. Er hatte sich mit Jenal ausgesprochen, und sie waren zum Schluss gekommen, dass sie den Fall gemeinsam weiterverfolgen würden.

Dass er sich mit Marco Pol aussprechen musste, bereitete ihm hingegen schlaflose Nächte. Ihre Freundschaft wurde auf eine harte Probe gestellt und drohte zu zerbrechen. Marco Pols Schweigen war für Gubler kaum zu ertragen. Hatte er sich in seinem ehemaligen Schulfreund und Weggefährten so getäuscht? Er fragte sich, was dieser zu verbergen hatte, und vor allem wollte er wissen, in welcher Beziehung Pol zu Rafael Göker stand. So viel war sicher: Pol würde ihm bei diesem Fall helfen können. Er musste ihm nur Antworten auf seine Fragen geben. Sein Freund konnte ihn doch nicht so hängen lassen.

Während er sich den Kopf über den ehemaligen Polizeisprecher zerbrach, hatte Hanna das Bad verlassen und begann, ihren Koffer zu packen. «Wie wird das Wetter in Zürich in den nächsten Tagen?», fragte sie ihn über die Schulter.

Gubler zückte sein Handy und drückte auf die Wetter-App.

Hanna konnte ihr Lachen nicht unterdrücken: «Wow, du scheinst dich mit deiner neuen Errungenschaft angefreundet zu haben.»

«Keine Sprüche, bitte.» Er schaute sich das Wetter für den Rest der Woche an. «Nicht sonderlich. Leichter Regen und es wird kalt.» Mit dem Zürcher Wetter konnte er jedenfalls nicht trumpfen.

Hanna stellte sich auf den Balkon und blickte in den wolkenlosen blauen Engadiner Himmel. «Zum Glück können wir die nächsten freien Tage in einer nebligen Grossstadt verbringen.»

Gubler wollte antworten, aber er schwieg. Er war froh, dass sie ihn begleitete, und freute sich auf die Reise. Er nahm sie in die Arme. Hanna wehrte sich nicht. «Danke.»

«Schon gut. Geh duschen, bevor ich es mir anders überlege.» Sie löste sich von ihm und schob ihn ins Bad.

Der Julierpass war auf der Südseite von Silvaplana bis zur Passhöhe durch den massiven Einsatz von Streusalz geräumt. Kurz nach der Passhöhe begann es jedoch zu schneien, und das Salz-Schneegemisch verwandelte sich in eine rutschige Unterlage. Immer wieder musste Gubler auf Schritttempo reduzieren. Erst in Thusis ging der Schneefall in Regen über, und sie konnten mit normaler Geschwindigkeit weiterfahren. Gubler schaute auf die Uhr. Die schlechten Strassenverhältnisse hatten ihn eine Stunde Zeit gekostet. Er konnte die Verabredung mit Pol nicht mehr einhalten. Er schlug Hanna vor, auf der Autobahnraststätte *Heidiland* eine Kaffeepause einzulegen. Die Verabredung mit Pol musste er verschieben. «*Merda*», schimpfte er auf dem Parkplatz der Raststätte, nachdem er Pol seine Verspätung auf den Anrufbeantworter gesprochen hatte, mit der Bitte, ihn sofort zurückzurufen. «Läuft in dieser verdammten Sache eigentlich alles gegen mich?» Schlecht gelaunt machte er sich auf den Weg ins Restaurant. Als er an der Bar einen Kaffee bestellte, vibrierte es in seiner Jacke. In der Hoffnung, dass es sich um eine Nachricht von Marco Pol handelte, zog er neugierig sein Handy aus der Tasche und schaute auf das Display.

Grazcha fich per tieu agüd cun la statistica. Ils raps sun rivos. Saluti Lurench.[13]

«Wenigstens etwas funktioniert.» Er verstaute das Telefon wieder, ohne eine Antwort an Lurench zu senden. Palmin konnte warten.

Zürich

Das Hotel Limmatblick mitten im Szeneviertel Niederdorf entsprach nicht ganz Hannas Geschmack. Gublers Einwände, dass sie ja nur für zwei Nächte hier und sowieso die meiste Zeit unterwegs sein würden, quittierte sie mit einem vernichtenden Blick. Er war froh, dass sie mit einer ehemaligen Studienkollegin zum Essen verabredet war und keine Zeit für eine Diskussion hatte. Um es kurz zu sagen: Sie hatte eine Scheisslaune. Kurz nach achtzehn Uhr verliessen sie gemeinsam das Hotel. Hanna stieg in das Taxi, das er für sie bestellt hatte. Ein knappes «Bis später» war alles.

Die Stimmung war im Keller. Er musste sich unbedingt etwas einfallen lassen, um die Situation zu entschärfen.

Gedankenverloren ging er durch das Rotlichtviertel, das er gut kannte. In seiner Zeit als Polizist hatte er einige Einsätze in dieser Gegend gehabt. Immer wieder mussten sie ausrücken, weil sich die Leute in die Haare gerieten und es nicht bei Handgreiflichkeiten blieb. Als er den Mühlesteg überquerte, erinnert er sich an einen Fall, der mehr als zwanzig Jahre zurücklag, ihn aber immer noch zum Lachen brachte. Damals war er noch einfacher Polizist und mit einem Kollegen auf Streife, als sie zu einem Einsatz gerufen wurden.

«Raubüberfall im Nachtclub *Notti calde*. Verstärkung ist unterwegs. Weitere Informationen folgen.»

Keine fünf Minuten später waren sie am Tatort. Die Situation, die sie vor Ort antrafen, hätte Stoff für einen Film geboten. Die Täter hatten sich als Travestiekünstler verkleidet und waren in das Cabaret eingedrungen. Die einzigen Personen, die sie im Club antrafen, waren die Hells Angels, die an diesem Nachmittag ihr jährliches Treffen abhielten. Überrascht von den unangemeldeten Gästen, die aus dem Nichts aufgetaucht waren, unterbrach der Präsident die Versammlung und widmete sich intensiv den Neuankömmlingen. Zwei Tage später erhielt Gubler Post von den Hells Angels. Es war ein Protokollauszug der Jahresversammlung. Unter *Varia* hatte der Aktuar den Überfall in allen Einzelheiten festgehalten. Alle Namen der Täter, jeweils mit Adresse und Geburtsdatum, waren alphabetisch aufgelistet. Genau wie in ihrem eigenen Bericht, in dem sie den Tathergang des versuchten Überfalls und die Personalien der glücklosen Räuber festgehalten hatten. Mit dem Fall wurde damals ein junger, aufstrebender Kommissar betraut: Marco Pol. Wie die Hells Angels an diese Informationen gelangt waren, fand er nie heraus und wollte es auch gar nicht wissen.

Während er ziellos seinen Gedanken nachhing, hörte er plötzlich seinen Namen rufen. Er drehte sich um, sah aber niemanden. Er konnte die Person, die ihn gerufen hatte, nicht ausmachen. Erst jetzt bemerkte er, dass er am Hauptbahnhof angekommen war.

«Alessandro.»

Jemand winkte ihm aus der Menge zu. «Was machst du hier und warum hast du mich nicht angerufen? Wie geht es dir, wie lange bleibst du? Ich muss sofort Marisa anrufen. Sie wird vor Freude umkippen. Bist du allein hier? Wo ist Hanna?»

Eugenio Polinelli, der Hausabwart des Hauptquartiers der Kantonspolizei Zürich, kam mit weit geöffneten Armen auf ihn zu.

Polinellis Familie war vor mehr als sechzig Jahren aus Sizilien in die Schweiz gekommen. Eugenio war damals dreizehn Jahre alt gewesen. Sein Vater hatte dank eines Cousins, der schon einige Jahre zuvor eingewandert war, eine Stelle als Automechaniker bei der Polizei gefunden. Für Eugenio hingegen sah es ohne Schulabschluss und damit ohne Chance auf eine Berufsausbildung schlecht aus. Wieder hatte der Cousin geholfen, und Eugenio hatte sich vom Putzgehilfen zum Hausmeister hochgearbeitet.

Sie umarmten sich. Eugenio war der netteste Mensch, den Gubler in seiner Zeit bei der Polizei kennengelernt hatte. Mit Freude dachte er an die Samstage zurück, die er in dessen Schrebergarten verbracht hatte. Ein unglaubliches Gefühl durchströmte ihn. Die Freude über die Begegnung war auf beiden Seiten riesig. Gubler konnte die ganze Zeit keine einzige Frage stellen. Eugenio war wie ein Sturm über ihn hereingebrochen.

«Alessandro, ich muss auf den Zug.» Er zog Gubler am Arm in Richtung Gleis sieben. «Ich habe einen Termin beim Zahnarzt», fuhr er fort, ohne ihn zu Wort kommen zu lassen. «Alessandro, du musst uns im Schrebergarten besuchen kommen. Es gibt Lasagne, *fatte in casa, come sempre.*»

Auf Gleis sieben angekommen, sprang Eugenio mit einem «*a presto*» in den überfüllten Zug. Diese Begegnung war wie eine Initialzündung. Gubler verspürte plötzlich den Wunsch, noch mehr Menschen aus seiner früheren Zeit zu sehen. Er verliess den Bahnhof und sprang in das erste Taxi, das frei war.

«*Ristorante Antica Roma*», wies er den Fahrer an.

Lichtblick

Im *Ristorante Antica Roma* war wie immer um diese Zeit viel los. Viele Stammgäste kehrten nach der Arbeit bei Carlo ein. Da alle Tische besetzt waren, stellte sich Gubler an den Stehtisch, der links neben der Theke in einer Nische stand. Normalerweise war dieser Tisch voll mit italienischen Zeitschriften. Jetzt lag eine kleine laminierte Getränkekarte auf der aufgeräumten Platte. Auch das Schild *solo per clienti* war verschwunden. Erst jetzt fiel ihm auf, dass sich im Lokal einiges verändert hatte. An der Kaffeemaschine war eine ihm unbekannte Frau damit beschäftigt, einen Cappuccino zuzubereiten. Er schaute sich um, suchte Carlo. Er konnte ihn nirgends entdecken.

«Grüezi. Was dörf i bringä?» Die Frau vom Kaffeeautomaten stand vor ihm. «Was darf ich servieren?», wiederholte sie die Frage auf Schriftdeutsch, da er auf die erste nicht reagiert hatte.

«Einen Corretto Grappa, bitte.» Er kam sich wie im falschen Film vor. Das konnte nicht sein. Das Ristorante Antica Roma ohne Carlo war wie Laurel ohne Hardy. Unvorstellbar! Die Kellnerin stellte den mit Grappa veredelten Espresso auf den Tisch.

«Entschuldigung, darf ich Sie etwas fragen? Was ist mit …» Weiter kam er nicht.

«*Gubler, che sorpresa*», hörte er Carlo durch das Restaurant rufen. Dieser kam auf ihn zu und umarmte ihn.

«Was machst du denn hier?» Carlo musterte ihn von oben bis unten. Er hatte das Ristorante vor vielen Jahren gepachtet. Schnell hatte er sich den Ruf erworben, den besten italienischen Kaffee der Stadt zu servieren. Für Gubler war er während seiner Zeit als Kommissar in Zürich ein wichtiger Ansprechpartner und die beste Informationsquelle gewesen.

Die gute Lage, der Kaffee und Carlos Verschwiegenheit machten das Antica Roma schnell zu einem beliebten Treffpunkt für Anwälte, Richter, Bankiers und andere hohe Tiere. Carlo nahm die Espressotasse vom Stehtisch und deutete auf einen leeren Zweiertisch.

«Dein Platz ist gerade frei geworden.»

Gubler atmete tief durch. Plötzlich war seine Welt wieder in Ordnung.

«Ich komme sofort zu dir.» Carlo bestellte bei der Bedienung einen weiteren Espresso für ihn und verabschiedete sich von den ersten Gästen, die das Lokal verliessen. Für die meisten war es Zeit, nach Hause zu gehen. Gubler nahm die *NZZ*, die an einem Zeitungsständer hing, schlug sie auf und überflog den Bericht auf Seite drei. Was in der Zeitung stand, interessierte ihn nicht. Es war eine seiner Methoden, sich umzusehen, ohne viel Aufmerksamkeit zu erregen. Bis auf zwei ältere Herren, die er vom Sehen her kannte und die beide seit über vierzig Jahren bei einer Schweizer Grossbank arbeiteten, kannte er niemanden. Er legte die Zeitung auf den Tisch und zog sein Smartphone aus der Jackentasche. Enttäuscht stellte er fest, dass er keine Nachricht erhalten hatte. Weder von Marco Pol noch von Hanna. Er schaute auf die Uhr. Es war kurz vor halb acht. Bald würde das *Ristorante* leer sein. Er überlegte, was er Carlo fragen wollte. Er war sich sicher, dass dieser von der Geschichte mit dem Toten an der Bobbahn gehört hatte. Und er war sich auch sicher, dass er ihm etwas über die Verbindung zwischen Rafael Göker und Marco Pol erzählen konnte. Er suchte in seinem Telefon nach Hannas Kontakt und schrieb ihr eine WhatsApp-Nachricht.

Ich bin bei Carlo. Melde dich, bevor du nach Hause gehst. Danke.

Er legte sein Handy auf den Tisch. Die Meinungsverschiedenheiten mit Hanna beschäftigten ihn mehr, als ihm lieb war.

«Ich bin Simona», stellte sich die Frau vor, die ihm den von Carlo für ihn bestellten Espresso brachte. «Carlo kommt gleich.» Sie stellte zwei Gläser und eine Flasche Weisswein in einem Kühler auf den Tisch. Lächelnd verschwand sie wieder. Gubler sah ihr nach. Länger als nötig. Er hatte sie noch nie gesehen.

«Simona ist ein Glücksfall, sage ich dir. *Un angelo, veramente.*» Carlo öffnete die Weinflasche und füllte die beiden Gläser. Sie stiessen an. «Wie schmeckt dir der Wein?»

«Gut, aber wie du weisst, bin ich kein Weinkenner.» Gubler trank einen zweiten Schluck.

«Es ist ein Weisswein.»

«Das habe sogar ich erkannt», scherzte Gubler.

«Kommt aus der Türkei. Womit wir beim Thema wären.»

Carlo war ein Phänomen für Gubler. Er hatte keine Ahnung, wie dieser kleine Süditaliener immer auf dem Laufenden war. «Was weisst du über Rafael Göker?»

«Nicht viel. Er hat, oder besser gesagt, hatte eine Weinhandlung in Baden. Das Geschäft lief gut, aber dann fingen die Probleme an.» Carlo nahm einen Schluck.

«Was für Probleme?»

«Wegen der Corona-Pandemie gingen die Bestellungen zurück, und dann war auch noch von gepanschtem Wein die Rede.»

Simona kam an den Tisch und massierte Carlo zärtlich den Nacken. «Ich gehe nach Hause, wenn du mich hier nicht mehr brauchst.»

Carlo schüttelte den Kopf und drückte ihr einen Kuss auf die Hand. «Bis später, *amore.*»

Verwirrt sah Gubler ihr nach, als sie in der Küche verschwand. Nach Hause? *Amore?* Er suchte nach den richtigen Worten. «Du willst mir doch nicht erzählen, dass du mit Simona zusammenlebst?» Er konnte es nicht glauben: Carlo, der überzeugte Junggeselle, lebte mit einer Frau zusammen. «Was ist passiert, Carlo?» Seine Überraschung wich der Freude.

«Äh, Gubler. Ich werde auch nicht jünger und *cosa devo dire? E sucesso e basta.*» Mit einem Augenzwinkern prostete er Gubler zu. «Und bei dir und Hanna? *Tutto a posto?*»

Er wusste nicht, was er sagen sollte, und er hatte auch keine Lust, darüber zu reden. Er wechselte das Thema: «Zurück zu Rafael Göker. Du hast etwas von gepanschtem Wein gesagt.»

«Ich weiss nichts Genaues. Es wird gemunkelt, dass billiger Wein abgefüllt und mit Markennamen etikettiert wurde. Göker soll für den Import dieser Weine verantwortlich gewesen sein.»

Gubler zog sein Notizbuch hervor und schlug es auf. Er machte sich eine Notiz und legte das Buch auf den Tisch. «Weisst du etwas über die Verbindung zwischen Pol und Göker?»

Carlo hielt sein Glas am Stiel und schwenkte den Wein bedächtig hin und her. Dass er nicht sofort antwortete, war nicht ungewöhnlich. Gubler kannte diese Angewohnheit, also schwieg er und wartete ab.

«Ich glaube, es ist besser, wenn Marco dir sagt, was er weiss. Aber ich kann dir versichern, dass er nichts mit Gökers Tod zu tun hat.»

Gubler war kurz davor, die Beherrschung zu verlieren. Er konnte es nicht glauben. In diesem Fall schien jeder, der etwas wusste, auch etwas zu verbergen zu haben. «Carlo, ich bitte dich. Ich bin nicht mehr bei der Polizei in Zürich.» Ihm war klar, dass es ein aussichtsloser Versuch war, ihn zum Reden zu bringen. Dennoch schob er nach: «Carlo, du weisst, dass es hier um eine Freundschaft geht. Also bitte, wenn du etwas weisst, dann sag es mir. Bitte!» Er war der Verzweiflung nahe. Wie konnte es sein, dass er dauernd gegen Wände stiess?

Carlos Handy, das auf dem Tresen lag, klingelte.

«Entschuldige.» Er ging an die Bar und nahm den Anruf entgegen. Nach einem kurzen «*va bene*» legte er auf, nahm ein weisses Blatt und kam mit einem Kugelschreiber zu Gubler an den Tisch. Er schrieb etwas auf das Papier und schob es Gubler zu. «Ist das richtig geschrieben?»

Gubler las, was darauf stand.

Heute wegen geschlossen Gesellschaft zu.

Er drehte das Blatt um und schrieb: *Heute geschlossen wegen privater Veranstaltung.*

Carlo nahm den Zettel, öffnete die Eingangstür und heftete die Information an die Aussenseite der Tür. «Entschuldige mich kurz.» Er verschwand in der Küche und liess ihn allein. Gubler verstand gar nichts mehr, wie so oft in letzter Zeit.

Es waren keine fünf Minuten vergangen, als sich die Eingangstür öffnete und Marco Pol mit dem verschwundenen Sommelier im Schlepptau das Ristorante Antica Roma betrat. Gubler glaubte, in Ohnmacht zu fallen. Carlo kam aus der Küche, löschte das Licht hinter der Bar, ging auf Gubler zu, drückte ihm einen Schlüssel in die Hand. «Ich schliesse ab. Mit diesem Schlüssel kommt ihr nach eurem Gespräch durch die Hintertür raus. Bring ihn mir bitte nach Hause, wenn ihr hier fertig seid.» Ohne weitere Worte verliess er das Restaurant. Gubler hörte, wie er von aussen die Tür schloss.

Der Sommelier, Pol und er blieben allein zurück.

«Alessandro, wir müssen reden», unterbrach Pol die gespenstische Stille.

«Dieser Meinung bin ich auch. Also lasst hören. Die Bühne gehört euch», antwortete Gubler ungeduldig.

«Was willst du wissen, Alessandro?»

Gubler sah sie lange an. Er wusste nicht, was er antworten sollte. Die Situation überforderte ihn. Die Stimmung zwischen ihm und seinem Schulfreund war in den letzten Wochen mehr als frostig gewesen, und plötzlich stand er mit dem verschwundenen Sommelier da. Für einen Moment überlegte er, ob er Marco nicht einfach eine scheuern sollte. «Woher kennt ihr euch?»

«Woher *wir*», er zeigte auf alle drei, «woher wir uns kennen, ist die richtige Frage», antwortete Pol. Gubler sah ihn fragend an. «Erinnerst du dich an den Überfall auf den Nachtclub *Notti calde?*»

Gublers Blick wanderte zu dem Sommelier. «Rainer Spitzpfeil.» Plötzlich fiel ihm der Name wieder ein, und er wusste sofort, woher er den Sommelier kannte. Rainer war einer der Travestiekünstler gewesen. Er erinnerte sich, wie Marco, der mit dem Fall betraut gewesen war, bei jedem Weihnachtsessen die Geschichte des Überfalls erzählt hatte. Für die alten Hasen war es inzwischen peinlich geworden, aber die jungen Polizistinnen und Polizisten amüsierten sich jedes Mal, und am Ende lachten immer alle über den Vorfall. Er musste sich ein Grinsen verkneifen. «Warum haben Sie mich bei unserem letzten Treffen angelogen und was haben Sie mit Gökers Tod zu tun?»

«Nichts, hoffe ich. Ich war bei Rafael Göker als Weinverkäufer angestellt und hatte mässigen Erfolg. Irgendwie bin ich nicht der Verkäufer. Eines Tages bot er mir an, Markenweine zu verkaufen, die gar keine waren. Er erklärte mir das System des gefälschten Weins, bei dem einfache Ware mit gefälschten

Edel-Etiketten angeboten wurde. Es war ein lukratives Geschäft. Auf der einen Seite war der Wein billig, die Marge war exorbitant, und da es sich um gesuchte Raritäten handelte, hatte ich keine Probleme, interessierte Käufer zu finden. Das Geschäft lief sehr gut, bis ich mit Rafael wegen der Provision in Streit geriet. Er war der Meinung, dass er das ganze Risiko zu tragen hätte und ich mir mit wenig Aufwand eine goldene Nase verdienen würde. Nach einem Riesenkrach trennten wir uns. Nicht im Guten. Ich erpresste ihn, mein Wissen an die *richtigen* Leute weiterzugeben, wenn er mir kein Schweigegeld zahlen würde. Er versprach mir, 200'000 Franken innerhalb eines Jahres zu überweisen.»

«Und, hat er Ihnen das Geld bezahlt?»

Rainer schüttelte den Kopf. «Nein, ich habe nie etwas von dem Geld gesehen.» Er musste sich den Schweiss von der Stirn wischen. «Vor knapp einem halben Jahr tauchte Göker bei mir in St. Moritz auf.» Gubler wollte ihm eine Frage stellen, schwieg aber und wartete, bis er fortfuhr. «Er kam unter dem Vorwand, mir ein Angebot für exklusive Weine aus der Türkei machen zu wollen. In Wirklichkeit wollte er über das versprochene Schweigegeld verhandeln.»

«Was genau hat er erzählt?»

«Er hatte grosse finanzielle Schwierigkeiten und war gesundheitlich angeschlagen.» Gubler schwieg weiter. «Er erzählte mir von seiner Zuckerkrankheit und davon, dass seine Frau ‹unter dem Hag durchfresse›, dass sie fremdgehen würde. Mich interessierte seine Situation überhaupt nicht, und ich drohte ihm, er solle mir das Geld in den nächsten Tagen geben, sonst würde ich mein Versprechen einlösen, ihn zu verpfeifen. Das war das letzte Mal, dass ich ihn gesehen habe, und als Sie und Ihr Kollege bei uns im Restaurant in St. Moritz auftauchten und sich nach ihm erkundigten, dachte ich, es sei alles aufgeflogen, und bekam es mit der Angst zu tun, denn ich war ja wegen dem Überfall im Nachtclub vorbestraft. Ich sah nur noch die Möglichkeit, unterzutauchen.»

Während der Sommelier redete, machte sich Gubler Notizen. Als er merkte, dass Rainer nicht weitersprach, blickte er auf. «Wo waren Sie in der Mordnacht?»

«Du gehst von einem Mordfall aus?», wollte Pol wissen.

«Wir ermitteln in alle Richtungen. Also, wo waren Sie an diesem Abend? Haben Sie ein Alibi?»

«Ja, ein schmerzhaftes sogar.» Spitzpfeil legte ein Protokoll der Tessiner Kantonspolizei auf den Tisch, aus dem hervorging, dass er in der Nacht von Gökers Tod in Lugano in eine Polizeikontrolle geraten war. Er wurde von den Beamten zur Blutprobe ins Krankenhaus gebracht. Wegen eines schweren Verkehrsunfalls musste er über zwei Stunden warten, bis ihm Blut abgenommen und er gegen vier Uhr morgens aus dem Krankenhaus entlassen und von den Polizisten auf den Posten für das Einvernahmeprotokoll gebracht wurde. Um sechs Uhr morgens war er wieder auf freiem Fuss.

Gubler machte sich eine Notiz in sein Notizbuch: *Glasklares Alibi.* Er schaute Marco Pol an, der Rainer die ganze Zeit zugehört hatte. Er war gespannt, was Marco zu erzählen hatte, und hoffte insgeheim, dass sein Schulfreund ein ebenso gutes Alibi hatte wie der Sommelier. Er erinnerte sich an das Foto in der Zeitung, auf dem Marco und Göker lachend und in bester Partylaune zu sehen waren. Eine denkbar ungünstige Situation für den ehemaligen Polizeisprecher. Marco erhob sich, ging zur Theke und kam mit einer Flasche Rotwein, die Carlo für sie bereitgestellt hatte, und drei Gläsern zurück an den Tisch. Wortlos öffnete er den Wein, schnupperte fachmännisch am Korken, nickte zufrieden und schenkte ein. Marco war ein Weinkenner, und sie konnten davon ausgehen, dass der Wein gut war. Sie stiessen an.

«*S-chüsa*, Alessandro. Mehr kann ich dir nicht sagen. Das Ganze ist mir sehr unangenehm.»

Gubler verschluckte sich an seinem Wein. Rainer hatte kurz zuvor ungefragt alles erzählt, was er über den Fall Göker wusste, und Marco Pol, sein langjähriger Freund, brachte nur eine lapidare Entschuldigung über die Lippen. Gubler glaubte nicht, was er da hörte, nein, er wollte es nicht glauben. Als der Hustenanfall vorbei war, holte er tief Luft. Das war einfach zu viel. Er konnte sich nicht so sehr in seinem Freund getäuscht haben, er wollte wissen, was zwischen Marco und Göker gewesen war, und zwar sofort! Er wollte gerade loslegen, da winkte Marco ab.

«Beruhige dich Alessandro. Mit ‹Mehr kann ich dir nicht sagen› meinte ich meine Entschuldigung dir gegenüber. In welchem Verhältnis ich zu Göker stand, kann ich dir gerne erzählen.» Gubler war gespannt. «Rafael Göker und ich kannten uns schon lange. Wir waren nicht die besten Freunde, aber er hatte immer gute Weine, die ich von Zeit zu Zeit bei ihm bestellte. Rafael war aber nicht nur Weinhändler, er war auch bekannt dafür, dass er unkompliziert Kredite vergab. Zwar mit horrenden Zinsen, aber ohne Rückfragen oder Sicherheiten. Als wir die Wohnung in Samedan umgebaut haben, hatten wir einen kleinen Engpass, und ich brauchte schnell Geld. Göker hat mir sofort den gewünschten Kredit überwiesen, mit einer Rückzahlungsvereinbarung. Die Rückzahlung des Restbetrags wäre in diesem Jahr Ende November fällig geworden.» Marco nahm einen Schluck Rotwein. «Vor einigen Wochen ist er bei mir aufgetaucht und machte mir Druck, ich müsse ihm den Betrag früher zurückbezahlen. Er brauche das Geld. Den Grund nannte er mir nicht, aber er war sehr ungehalten. Ich machte ihm klar, dass ich ihm den geschuldeten Betrag fristgerecht zahlen würde, wenn möglich auch früher, aber sofort sei es für mich nicht möglich. Er rastete völlig aus und beschimpfte mich auf das Übelste. Er werde an die Öffentlichkeit gehen. Ich sagte ihm, er solle sich beruhigen, und warnte ihn, wenn er an die Öffentlichkeit ginge, würde ich sein dubioses Geschäft mit den hohen Zinsen publik machen. Er schrie wie ein Wahnsinniger, das würde ich noch bereuen, dass ich ihm nicht geholfen habe, stieg in sein Auto ein und brauste davon.» Marco schenkte Rainer und Gubler Wein nach. Dieser hatte die ganze Zeit schweigend zugehört, ohne sich Notizen zu machen. «Schmeckt der Wein nicht?», fragte Marco.

«Im Moment nicht», sagte Gubler missmutig. «Woher du Göker kanntest, scheint einigermassen geklärt zu sein. Wo du in der fraglichen Nacht warst, weiss ich dank der Zeitungsfotos.» Jetzt nahm auch er einen Schluck Rotwein. «Du bist nach deinen Aussagen von eben und den bekannten Bildern der Hauptverdächtige im Mordfall Göker.» Er stellte sein Glas ab.

Marco sah seinen Freund ruhig und gelassen an. «Gubler, was ist los mit dir? Hast du nach dem Rauswurf bei der Stadtpolizei und dem Ferienjob auf der Alp all deine Fähigkeiten verloren? Wo ist dein Spürsinn geblieben, wo dein Instinkt, auf den Bauch zu hören? Was ist aus dem sonst so ermittlungsstarken Kommissar geworden?»

Marcos Worte trafen ihn tief. Er hatte recht, er war weit von seinen besten Tagen entfernt. So schlecht hatte er sich noch nie gefühlt. War es nur eine vorübergehende Krise oder gar ein Burnout? Er fühlte sich richtig mies.

Er verfolgte Marcos weitere Ausführungen nur noch mit halbem Interesse.

Marco Pol konnte anhand der Originalzeitung, einer Ausgabe von vor über zwei Jahren, beweisen, dass die vermeintlich aktuellen Fotos alt waren, und er konnte Gubler ebenfalls ein stichfestes Alibi liefern: «Wir waren an jenem Abend, als

Rafael Göker gestorben ist, bei einer Familienfeier in Poschiavo, was dir die mindestens sechzig anwesenden Personen bestätigen werden.»

Nachdem sie noch eine Flasche Wein getrunken hatten, verliessen sie gemeinsam das Restaurant. Gubler verabschiedete sich von den beiden und machte sich auf den Weg zu Carlo, um ihm den Schlüssel in den Briefkasten zu werfen. Die frische Luft tat ihm gut. In Gedanken liess er die letzten Stunden Revue passieren. Erleichtert, dass Marco Pol als Mörder nicht in Frage kam, suchte er nach Motiven, wer Göker ins Jenseits hätte befördern wollen. Für ihn war klar, dass er die Täter im Umfeld der Weinfälscher oder im Kreis der Kreditnehmer suchen musste. Er schaltete sein Handy ein, um Hanna eine Nachricht zu schicken, dass er auf dem Heimweg sei. Auf dem Display erschien eine Nachricht von Carlo: *Bitte läute, wenn du den Schlüssel bringst. Ich habe noch eine Überraschung für dich.*

Gubler hatte keine Lust auf Überraschungen. Er wollte so schnell wie möglich ins Bett gehen und seine Sorgen wegschlafen, aber er konnte Marcos Wunsch nicht ausschlagen. Inzwischen war er bei dessen Wohnung angekommen und drückte auf die Klingel.

Die Glockenschläge einer nahegelegenen Kirche begleiteten Hanna und Gubler, als sie Carlos Wohnung verliessen. Gubler zählte. Es war fünf Uhr morgens. Hanna hatte darauf bestanden, zu Fuss nach Hause zu gehen. Er hatte nichts dagegen. Müde, aber zufrieden liefen sie durch die leeren Strassen von Zürich. Er musste lachen, es war verrückt. Die letzten zwölf Stunden hatten mehr Erleuchtung gebracht als die ganzen Wochen zuvor.

«Woran denkst du?», fragte Hanna, die sich bei ihm eingehakt hatte.

«Kennst du den Spruch: Erstens kommt es anders, und zweitens als man denkt?»

Sie musste lachen. Natürlich kannte sie ihn.

Nach einer knappen halben Stunde Fussmarsch waren sie endlich im Hotel angekommen. Gubler wollte Mauro Jenal noch eine Nachricht schicken, entschied sich aber, ihn am Morgen anzurufen, um ihm die Neuigkeiten mitzuteilen. Todmüde legte er sich ins Bett, konnte aber nicht einschlafen. Wenig später kam auch Hanna ins Bett.

Sie war nackt.

Und wieder kam es anders, als er gedacht hatte.

In dubio pro vino

Die Sirene eines Feuerwehrautos riss Gubler aus dem Schlaf. Er sprang aus dem Bett und musste sich erst einmal orientieren. Für einen kurzen Moment wusste er nicht, wo er war. Er suchte nach seinem Handy. Es war kurz vor halb zehn. Er musste dringend auf die Toilette.

Nach einer ausgiebigen Dusche zog er sich frische Sachen an und schrieb Polinelli eine Nachricht.

Guten Morgen, Eugenio. Wir kommen gerne zum Lasagneessen. Ich organisiere den Wein.

Hanna war inzwischen aufgewacht.

«Guten Morgen, Liebes. Gut geschlafen?»

«Nicht schlecht. Die Matratze in diesem Fünf-Sterne-Hotel ist ein Traum.»

«Ich habe mir bei der Auswahl der Unterkunft auch Mühe gegeben.» Er setzte sich auf die Bettkante.

«Alles in Ordnung?» Sie sah auf die Uhr. «Beeil dich, Marco wartet bestimmt schon.»

Er gab ihr einen Kuss auf die Stirn. «Wir sehen uns später bei Eugenio.»

«Wie soll ich da hinkommen, falls ich es aus dem Bett schaffe?»

Gubler musste lachen. Er freute sich, dass Hanna ihren Humor wiedergefunden hatte. Der gestrige Abend bei Carlo und Simona hatte ihr gutgetan. «Tramlinie sieben bis zur Haltestelle Triemlispital und dann ...» Er überlegte es sich anders: «Ich rufe dich an, wenn wir zurück sind. Marco soll uns zum Schrebergarten fahren. Und nimm eine Jacke mit. In Zürich ist es um diese Jahreszeit kälter als bei uns im Engadin.» Nach einem weiteren Kuss verliess er das Hotelzimmer.

Der Frühstücksraum war fast leer. Er ging zur Kaffeemaschine, nahm einen Pappbecher und drückte auf die Cappuccino-Taste. Mit dem heissen Getränk in der Hand verliess er das Hotel und trat auf die Strasse.

Die Sonne, die zu dieser Jahreszeit kaum Kraft hatte, schimmert schwach durch den leichten Nebel. Er schloss die Augen und sog die Morgenluft durch die Nase ein. Er liebte den Geruch der Stadt. Es war ein ganz anderer Geruch als die klare, kalte, trockene Bergluft in Sils, die beim Einatmen durch die Nase die Schleimhäute fast schlagartig austrocknete. Hier in Zürich hatte die feuchte Luft, gemischt mit den üblichen Stadtausdünstungen, ihre eigene Note. Er empfand ein vertrautes Gefühl von Heimat. Ein kurzes Vibrieren seines Handys riss ihn aus seinen Gedanken. Er blickte auf das Display.

Fufneda illa Badenerstrasse. Sun desch minuts in retard. Salüds Marco.[14]

Marcos Verspätung nutzte er, um Mauro Jenal anzurufen. Er wollte ihn über den gestrigen Abend kurz informieren, um ihn auf den neuesten Stand zu bringen. Jenal nahm nach dem ersten Klingeln ab.

«Hast du so grosse Sehnsucht nach mir oder hängst du die ganze Zeit am Telefon?», fragte Gubler.

«Weder noch», lachte Jenal. «Ich komme von einem Einsatz zurück und hatte gerade noch die Einsatzzentrale der Verkehrspolizei an der Strippe.»

«Verkehrspolizei? Bist du degradiert worden?»

«Teilzeit degradiert. Wir hatten dreissig Zentimeter Neuschnee, und es gab diverse Unfälle mit Blechschäden auf dem Maloja- und Julierpass. Ich durfte Unfallprotokolle ausfüllen.» Seine Laune schien nicht getrübt zu sein, und es schien ihm auch nichts auszumachen, ab und zu als Verkehrspolizist tätig zu sein. «Aber warum suchst du mich an deinen freien Tagen?»

«Es gibt Neuigkeiten im Fall Göker.»

«Warte. Ich schliesse nur kurz die Bürotür.» Ein leises «tock» verriet Gubler, dass Jenal das Telefon auf den Schreibtisch gelegt hatte. «Dann schiess mal los», meldete er sich kurz darauf wieder.

«Das Verschwinden des Sommeliers ist geklärt. Wir können ihn als Verdächtigen ausschliessen, und auch die Verbindung zwischen Marco Pol und Göker ist so weit klar.» Gublers Mobiltelefon meldete einen Anruf. Er blickte auf das Display und erkannte die Nummer von Marco Pol. «Ich muss Schluss machen, ich fahre zu Gökers Weinhandlung, es gibt Gerüchte, dass er in eine Sache mit gefälschtem Wein verwickelt war.» Er wollte den Anruf schon wegdrücken, als sich Jenal noch einmal meldete.

«Der Bericht der Gerichtsmedizin ist da.»

«Und was haben sie gefunden?»

«Nichts. Abgesehen davon, dass er an schwerem Diabetes litt, wurden keine inneren Verletzungen und ausser einem kleinen blauen Fleck am Arm keine äussere Gewalteinwirkung festgestellt. Die Leiche wird von der Staatsanwaltschaft freigegeben.»

Gubler nahm den letzten Schluck Kaffee aus dem Pappbecher und warf ihn in den Mülleimer. Sein Handy hatte inzwischen aufgehört zu klingeln. Er wollte Jenal noch eine Frage stellen, als er ein kurzes Hupen hörte. Marco Pol stand mit seinem Fahrzeug auf der anderen Strassenseite und winkte ihm zu. Er winkte zurück und überquerte die Strasse. «Wie lange bist du heute im Büro?», wollte er von Jenal wissen.

«Ich habe Spätdienst.»

«Gut. Ich melde mich später.» Er legte auf und stieg zu Marco Pol ins Auto.

Die Stimmung auf der Fahrt von Zürich nach Baden, wo Rafael Göker im ehemaligen Fabrikgebäude der Brown Boveri seine Weinhandlung eingerichtet hatte, war gedrückt. Auch das gestrige Gespräch hatte nicht zur gewohnten Lockerheit zwischen den beiden Freunden geführt. Gubler wusste nicht, worüber er sprechen sollte, und entschied sich aus Verlegenheit für das Wetter.

«Alessandro, bitte.» Marco sah ihn von der Seite an. «Lass den Scheiss! Ich habe dir doch gestern alles erzählt. Pols Stimme klang nicht gereizt, sondern sehr bestimmt und klar. Gubler wusste um die Stärke des ehemaligen Mediensprechers der Stadtpolizei Zürich. Während ihrer gemeinsamen Zeit hatte es ihn immer wieder beeindruckt, wie sein ehemaliger Schulfreund unmissverständliche Worte zu bestimmten Vorkommnissen fand.

«Dass Göker jetzt diesen Planeten verlassen hat, bevor ich ihm meine Schulden zurückzahlen konnte, dafür kann ich wirklich nichts, oder siehst du das anders?»

Inzwischen waren sie in Baden angekommen. Gubler war froh, dass sich die Spannung zwischen ihm und Marco gelöst hatte. «Was hältst du von Carlos neuer Flamme?», wollte er von Pol wissen.

«Sie scheinen sich zu lieben», antwortete dieser und setzte gleich zur Gegenfrage an:

«Und wie läuft es mit dir und Hanna?»

«Ich glaube, du musst hier rechts abbiegen», wechselte Gubler das Thema.

Marco Pol liess nicht locker. «Die Frau vom Navigationsgerät hat doch noch gar nichts gesagt.»

«Wir arbeiten daran», antwortete Gubler.

«Das freut mich. Hanna ist die Richtige für dich.»

Gubler nickte. Ihn interessierte noch etwas anderes. «Wie hast du es eigentlich hinbekommen, dass Hanna bei Carlo auf mich gewartet hat und ihr beide, du und der Sommelier, im *Ristorante* aufgetaucht seid?», wollte er wissen.

«Das Treffen im *Ristorante* habe ich arrangiert, für das anschliessende Abendprogramm war Carlo verantwortlich.»

Gubler sah Marco an. «*Grazcha.*»

«*Anzi. Tuot in uorden.*» [15]

Das Navigationsgerät meldete sich: «Sie haben Ihr Ziel erreicht.»

Die Weinhandlung im Erdgeschoss der ehemaligen Fabrik Brown Boveri war leer, als Gubler und Pol eintrafen. Die kleinen Spots waren perfekt auf die ausgestellten Weine ausgerichtet. Im hinteren Teil des Raumes befand sich ein Glaskasten, in dem zwei Personen Platz fanden. Pol erklärte Gubler, dass sich in dieser Box die besten Tropfen bei optimaler Temperatur befänden. Aus Lautsprechern war leise Musik in angenehmer Lautstärke zu hören. Die Weinhandlung machte einen gepflegten Eindruck und es schien, als ob der Tod des Besitzers keine Auswirkungen auf das Geschäft gehabt hätte, was Gubler erstaunte. Er nahm sein Heft und machte sich Notizen. Während er sich noch umsah, hatte Pol auf eine Klingel gedrückt, die auf einem langen, alten Holztisch lag. Aus einem Nebenraum ertönte eine Frauenstimme.

«Ich komme gleich.»

«Wo sind die türkischen Weine?», wollte Gubler wissen. Marco Pol zeigte auf ein Regal. Gubler ging darauf zu, als die Frau aus dem Nebenzimmer kam und Marco Pol freundlich begrüsste.

«Marco, was für eine Überraschung.» Sie gaben sich Wangenküsse: «Schön, dich zu sehen.»

Gubler drehte sich zu den beiden um. Wie vom Blitz getroffen zuckte er zusammen. Vor ihm stand Frau Göker.

«Was kann ich für dich tun?», fragte sie Marco und hielt ihre Freude über das Wiedersehen nicht zurück. Marco teilte ihre Freude und stellte ihr Gubler vor.

«Mein Freund Alessandro Gubler sucht einen guten Wein zu einer Lasagne.»

«Das lässt sich machen. Am naheliegendsten wäre ein Wein aus Italien, oder sind Sie experimentierfreudig?» Gubler wusste keine Antwort. Wie konnte es sein, dass die kühle Frau, die er in Sils in ihrem Haus kennengelernt hatte, hier in diesem Laden stand und so tat, als hätten sie sich noch nie gesehen? Er musste sich zusammenreissen. Dieser verdammte Fall brachte ihn an seine Grenzen. Am liebsten hätte er die Frau am Hals gepackt und ordentlich durchgeschüttelt.

«Alessandro, alles in Ordnung?», hörte er Marcos Stimme aus der Ferne.

«Geht es Ihnen nicht gut? Wollen Sie sich setzen?», erkundigte sich auch Frau Göker.

«Nein danke. Es geht schon», log er. «Haben Sie vielleicht ein Glas Wasser?»

«Natürlich. Setzen Sie sich.» Sie zog zwei Stühle vom Tisch und bedeutete ihnen, Platz zu nehmen. «Ich bin gleich wieder da.»

Gubler wartete, bis sie verschwunden war, dann wandte er sich Marco zu: «Wusstest du, dass sie hier arbeitet?»

Marco sah ihn verständnislos an. «Ich kann dir nicht folgen, was meinst du, Alessandro?»

«Frau Göker. Die Frau von Rafael Göker.» Gubler musste tief Luft holen. «Verdammt, die Witwe von Göker stand doch gerade vor uns.»

Marco erkannte Gublers Irrtum. Schlagartig wurde ihm klar, warum dieser völlig aus dem Häuschen war. «Das», er zeigte in die Richtung, in die die Frau kurz zuvor verschwunden war, «ist nicht Gökers Frau. Das ist seine Schwägerin, die Schwester der Witwe Göker. Das ist ihre Zwillingsschwester. Ihre eineiige Zwillingsschwester, um genau zu sein. Wusstest du das nicht?»

Gubler kochte innerlich, dass weder er noch Jenal das familiäre Umfeld des Toten näher betrachtet hatte. Wie konnte das passieren? Er fluchte über sich selbst. « *Tü huara salam!*» In diesem Fall ging einfach alles schief!

Die Frau kam zurück und stellte eine Wasserkaraffe mit drei Gläsern auf den Holztisch. Sie hatte die letzten Worte von Marco Pol gehört. Sie reichte Gubler die Hand: «Sarah Mühlstein.»

«Freut mich, Frau Mühlstein.»

«Sarah reicht.» Sie lächelte ihn an. Erst jetzt fiel ihm auf, dass ihre Augen in letzter Zeit viel geweint hatten. «Alessandro.»

«Du suchst also einen Wein zur Lasagne?» Sie sah Marco Pol an. «Und für eine Weinempfehlung fährst du mit deinem Freund extra von Zürich nach Baden?» Sie suchte den Augenkontakt zu Gubler und fuhr fort: «Einen guten Rotwein hätte Marco dank seines grossen Weinwissens auch im Denner gefunden», sie wechselte den Blick zu Marco Pol, «oder irre ich mich?»

Sie setzte sich zu ihnen an den Tisch. Für einen Moment herrschte absolute Stille. Gubler hoffte, dass jemand das Wort ergreifen würde.

Marco tat ihm den Gefallen: «Du weisst, warum wir hier sind?»

Sarah nickte langsam, so langsam, als hätte sie Angst, ihr würde der Kopf abfallen. Aus der freundlichen, fröhlichen Frau war ein zerbrechliches Wesen geworden, das regungslos in das halbleere Glas starrte, welches vor ihr auf dem Tisch stand.

Gubler schlug erneut sein Notizbuch auf und wollte gerade eine Frage stellen, als er bemerkte, wie Marco ihm bedeutete, noch zu warten. Er klappte das Buch wieder zu.

«Ich weiss, es ist nicht leicht für dich, Sarah.» Marco legte seine Hand auf ihre. Sie zitterte. «Alessandro ist von der Kantonspolizei Graubünden und untersucht den Tod von Rafael.»

Wieder nickte sie und sah Marco hilfesuchend an. Er nahm sie in die Arme. Sarah hatte sich nicht mehr im Griff. Ein heftiger Weinkrampf schüttelte sie.

Gubler stand auf und verliess die Weinhandlung. Er kannte solche Situationen zur Genüge. Distanz wahren, Einfühlungsvermögen zeigen, Zeit lassen. Diesen Grundsatz hatte er sich in all den Jahren seiner Arbeit zu eigen gemacht. Er war damit immer gut gefahren.

Gegenüber der Weinhandlung gab es ein Café. Er setzte sich an die Bar und bestellte einen Café crème. Gedankenverloren suchte er die Münzen zusammen, die er in allen Taschen verstreut fand. Er kam auf fünf Franken zwanzig. Ohne nach dem Preis des Kaffees zu fragen, schob er das Geld dem Kellner zu.

«Ist gut so.»

«Danke. Möchten Sie ein Glas Wasser dazu?»

«Nein, danke», antwortete Gubler, ohne den Kellner anzusehen. Er zog sein Notizbuch aus der Jacke, blätterte ziellos durch die Seiten und machte sich auf einer leeren Seite Notizen über das, was gerade geschehen war. Er klappte das Notizbuch zu und hielt es nachdenklich in der Hand. Schritt für Schritt ging er den Fall noch einmal durch. Noch nie in all seinen Fällen hatte er so etwas erlebt. Seit Wochen recherchierten er und Jenal ohne jeden Erfolg, nicht einmal eine Spur hatten sie. Er überlegte, ob er Enea Cavelti anrufen und ihn bitten sollte, ihm den Fall abzunehmen. Vielleicht war es besser, diesen Mord zu den Akten zu legen und die Ermittlungen mangels Beweisen einzustellen. Er hatte keine Kraft und auch keine Lust mehr. Die Polizeiarbeit zermürbte ihn. «Abschliessen», murmelte er, und dann: «In dubio pro vino.»

Er bestellte einen Grappa: «Einen Doppelten.»

«Dumm gelaufen, das mit Rafael», meinte der Kellner, als er das Glas auffüllte. «Ich hoffe, Sarah kriegt das hin. Jetzt wo es langsam wieder aufwärts geht.»

Gubler riss die Augen auf und sah den Kellner zum ersten Mal an: «Sie kannten Rafael Göker? Näher?»

«Er kam immer auf einen Kaffee vorbei, wenn er hier im Laden war.»

«Was können Sie mir über ihn erzählen?»

«Er war ein sehr angenehmer Gesprächspartner. Er hatte ein grosses Allgemeinwissen und der Wein war seine Leidenschaft».

«Hatte er Feinde?»

«Nein, nicht dass ich wüsste.»

«Sie erwähnten vorhin, dass sie hofften, Sarah würde es schaffen. Was meinten Sie damit?»

«Sie hat den Laden kurz vor der Pandemie von Rafael übernommen. Er war immer unterwegs und konnte sich nicht mehr um das Weingeschäft vor Ort kümmern. Sarah schlug ihm vor, den Weinladen auf eigene Rechnung zu führen.»

«Und er war einverstanden, wie es schien.»

«Ja, er hat ihr das Geschäft überschrieben, auch wenn er sich im Nachhinein Vorwürfe gemacht hat, weil die Coronazeit Sarahs Reserven völlig aufgebraucht hatte.»

«Das ist anderen auch passiert. Da ist sie in guter Gesellschaft.»

«Ja, wem sagen Sie das», antwortete der Kellner Und schob nach: «In dubio pro vino.»

Gubler horchte auf. «Wie bitte?»

«Ihre Worte von vorhin. Das schien auch Raffaels Tagesmotto geworden zu sein.»

«Was meinen Sie damit?»

«Er hatte angefangen, seine Sorgen wegzutrinken. In Kombination mit seiner Krankheit war das eine schlechte Entscheidung.»

Gubler wollte noch mehr fragen, kam aber nicht mehr dazu. Marco betrat das Café und teilte ihm mit, dass Sarah sich wieder gefangen habe.

Sarah hatte sich so weit gefasst, dass die Fortsetzung des Gesprächs möglich war. Eine Packung Beruhigungstabletten neben einem leeren Glas hatte offensichtlich ihre Wirkung nicht verfehlt. Sarah machte keinen Hehl daraus, dass sie sich seit einiger Zeit in ärztlicher Behandlung befand und nach der Schocknachricht von Rafaels Tod in eine schwere Krise geraten war. Gubler wusste nicht so recht, wie er das Gespräch angehen sollte.

«Wie ist Ihr Verhältnis zu Ihrer Schwester?» Er wusste, dass Zwillinge oft eine starke Bindung zueinander haben und sich auf eine Weise verstehen, wie es bei anderen Geschwistern nicht unbedingt der Fall ist.

«Nicht das beste», antwortete Sarah. «Nicht mehr», korrigierte sie sich.

«Wie soll ich das verstehen?»

«In den letzten drei Jahren ist zwischen uns viel Geschirr zerschlagen worden.»

«Was war der Grund dafür?»

«Es begann mit dem Hauskauf in Sils. Meine Schwester hat es in der Wohnung in der Stadt nicht mehr ausgehalten.

Sie wollte unbedingt aufs Land, raus aus ihrem Alltag. Rafael, der sich in den Wintermonaten oft und für längere Zeit in St. Moritz aufhielt, machte sich daraufhin auf die Suche nach einer geeigneten Wohnung. Doch der Wohnungsmarkt war mehr als ausgetrocknet, und die Preise waren so hoch, dass er keine Zweitwohnung fand, die seinem Budget entsprach. Durch einen glücklichen Zufall erfuhr er von einem alten Bauernhaus, das aufgrund einer ausgeschlagenen Erbschaft versteigert werden sollte. Vorabklärungen durch einen ortsansässigen Rechtsanwalt ergaben, dass das Haus auch vor der Versteigerung erworben werden konnte. Die Gökers erhielten den Zuschlag. Doch die Renovierungsarbeiten verschlangen mehr Geld als budgetiert, und der Einbruch im Weinhandel brachte Rafael in eine finanzielle Notlage.»

Sie musste eine Pause einlegen, bevor sie weitererzählen konnte. «Meine Schwester kümmerte sich nicht um Rafaels Geldsorgen. Die waren ihr egal. Sie hatte sich in das Haus verliebt.»

Nicht nur in das Haus. Gubler dachte an Raschèrs Worte. «Und ihr Bruder? Hat er immer bei ihrer Schwester gewohnt?»

«Nein. Als sie noch in der Stadt wohnten, war Collin in einer betreuten Wohngemeinschaft. Alle zwei Wochen haben wir ihn abwechselnd über das Wochenende zu uns geholt.»

«Zu uns? Was heisst das genau?» Sie musste unterbrechen. Ein erneuter Weinkrampf machte ihr das Sprechen unmöglich.

Gubler wartete geduldig und machte sich Notizen.

Marco sass die ganze Zeit neben Sarah und versuchte, sie so gut wie möglich zu unterstützen.

«Sollen wir das Gespräch beenden?», fragte Gubler.

Sarah sah ihn dankbar an.

Sie ging zum Regal mit den italienischen Weinen und kam mit zwei Flaschen Rotwein zurück. Dann nahm sie eine Papiertüte aus einer Schublade und stellte die beiden Flaschen hinein. « *Rocca Rubia* aus Sardinien. Geht immer.»

Sie verabschiedete sich mit einer Umarmung von Marco Pol und begleitete sie zur Tür. Dort drückte sie Gubler eine Visitenkarte in die Hand. « Ruf mich an, jederzeit.»

Er nickte. Sie schüttelten sich die Hände. Ein gequältes Lächeln huschte über ihr Gesicht.

Sie zog die Tür hinter sich zu, drehte den Schlüssel und hängte ein Schild daran.

Bin gleich wieder da.

Zurück im Büroalltag

Jenal war bereits in seinem Büro. Gubler klopfte an die Tür und trat ein. Jenal sah schrecklich aus. Die tränenden Augen und die XXL-Packung Tempo-Taschentücher auf seinem Schreibtisch deuteten auf eine Wintergrippe hin.

«Komm nicht näher.»

Jenal stand auf und stellte eine Plexiglasscheibe zwischen sie, die auf einem Holzrahmen mit Füssen montiert war. Diese Trennscheiben waren während der Pandemie zwischen den Schreibtischen aufgestellt worden. Inzwischen waren die Vorrichtungen wieder entfernt worden. Jenal hatte darauf bestanden, eines der Gestelle behalten zu dürfen.

«Bist du schon lange in diesem Zustand?», erkundigte sich Gubler.

«Nein, erst seit gestern. Das halbe Büro ist krank. Ich habe keine Ahnung, wo ich mich angesteckt habe. Mein Hausarzt meint, dass unser Abwehrsystem durch Corona allgemein geschwächt worden sei. Also nichts Schlimmes.» Er bekam einen Hustenanfall. «Und, was hast du herausgefunden in deiner alten Heimat?»

«Bist du sicher, dass du nicht ins Bett gehörst?»

«Mir geht es gut. Ich habe kein Fieber. Das wird schon wieder. Der Husten kommt nur von der trockenen Luft in diesem Büro.»

Gubler schlug ihm vor, zum Flughafen zu gehen und dort im Restaurant einen heissen Tee zu trinken. «Unterwegs erzähle ich dir die Neuigkeiten.»

Jenal willigte sofort ein.

Eingehüllt in eine dicke Daunenjacke verliess er mit Gubler das Büro. Während sie gemütlich Richtung Flughafen schlenderten, berichtete Gubler von den letzten Tagen und den Informationen, die er erhalten hatte.

«Viel Neues ist nicht dabei», meinte Jenal, als sie das überhitzte Restaurant betraten.

«Du hast recht, Mauro. Ich habe mich die ganze Zeit gefragt, ob wir den Fall nicht einfach zu den Akten legen sollten. Aus Mangel an Beweisen und Indizien.»

Sie bestellten bei der Kellnerin einen Pfefferminztee und eine heisse Schokolade.

«Ich glaube nicht, dass wir mit diesem Vorschlag bei der Staatsanwaltschaft und bei Enea Cavelti auf offene Ohren stossen werden. Er ist der Meinung, dass viel mehr an der Sache dran ist, als wir denken, und dass wir in eine andere Richtung ermitteln sollten.»

«Was heisst ‹in eine andere Richtung›? Hat er einen konkreten Vorschlag?»

«Er meint, wir sollten die Spur der Weinfälschung weiterverfolgen.» Gubler winkte ab. Die Kellnerin brachte die Getränke. Gubler wartete, bis sie gegangen war. «Ich glaube nicht, dass diese Spur uns zum Täter führt. Aber es gibt eine zweite, der wir folgen sollten.

Jenal wurde von einem neuen Hustenanfall heimgesucht. Gubler wartete, bis Jenal wieder sprechen konnte, und erzählte ihm dann die Fakten rund um die Kreditvergaben.

«So sieht's aus.» Sie bezahlten ihre Getränke und verliessen das Restaurant.

Zurück im Büro stellten sie sich vor die Pinnwand. Gubler nahm die Zettel, die keinen Sinn mehr ergaben, von der Wand und warf sie in eine Kartonschachtel. Jenal musste lachen. Diese Marotte hatte er noch bei niemandem gesehen. Auf die Frage, warum er die nutzlosen Zettel nicht in den Papierkorb werfe, antwortete Gubler, dass man nie wisse, ob ein nutzloser Zettel einmal die Lösung eines Falles sein könnte.

«Wegwerfen kann man immer, zurückholen ist schwieriger.»

Dem konnte Jenal nur zustimmen. «Also fassen wir zusammen, was wir bisher herausgefunden haben und wissen.»

Gubler unterbrach seinen Kollegen. «Mauro. Wir haben alle Punkte und Indizien mehrfach durchgesprochen und von allen Seiten beleuchtet. Ich glaube nicht, dass wir beide weiterkommen.»

«Und was schlägst du vor, wie wir in diesem Fall weiter vorgehen sollen? Ad acta legen, wie du es gerne hättest, kannst du vergessen.» Jenal wirkte plötzlich verärgert, was Gubler auf dessen Gesundheitszustand zurückführte.

«Vielleicht hilft uns eine Fremdeinschätzung weiter.»

Jenal schüttelte den Kopf. «Willst du auf dem Dorfplatz einen Vortrag über den Mordfall Göker halten?», fuhr er ihn an.

So hatte Gubler seinen Kollegen noch nie erlebt. Er fragte sich, was ihm plötzlich über die Leber gelaufen war. «Nein, aber vielleicht hilft es, wenn wir die Meinung von zwei neutralen Zuhörern einholen, die mit dem Fall nichts zu tun haben.»

Während Jenal an einem *Neo Citran* nippte, dachte er über Gublers Vorschlag nach. «Und wie genau stellst du dir das vor?»

«Wir nehmen Mirta Marugg, die gerade die Kriminalschule abgeschlossen hat, und den Polizisten Moritz Furrer, der kurz vor der Pensionierung steht, mit ins Boot. Sie sollen als stille Zuhörer unserer Zusammenfassung und unseren Gedanken folgen und dann ihre Meinung zum Fall abgeben oder Fragen zu Unklarheiten stellen. Ich glaube, wir sehen den Wald vor lauter Bäumen nicht mehr oder übersehen etwas.»

Mauro war nicht begeistert von der Idee, aber er musste Gubler recht geben. Enea Cavelti hatte sie schliesslich gebeten, nein aufgefordert, in eine andere Richtung zu ermitteln. «Wenn du meinst. Aber eins sag ich dir, die Verantwortung liegt bei dir. Wenn das in die Hose geht, bist du selbst schuld.» Jenal bekam den dritten Anfall.

«Was soll bei dieser Aktion in die Hose gehen?»

Jenal konnte nicht antworten.

Mirta Marugg und Moritz Furrer sassen jeweils mit einem Block in der Hand vor der Pinnwand in Gublers Büro und verfolgten seine Zusammenfassung.

Jenals Husten hatte sich verschlimmert, und er bat Gubler, so wenig wie möglich sprechen zu müssen. Gubler kam dieser Bitte gerne nach und erzählte alles, was sie bisher zusammengetragen hatten. Er sah, wie sich Mirta Marugg viele Notizen machte, während Furrer mit dem Schlaf kämpfte. Immer wieder nickte er ein. Gubler bemerkte das spöttische Lächeln von Jenal. Aber er fuhr mit seinen Ausführungen fort.

«Das sind unsere Erkenntnisse zu diesem Fall», schloss er und nahm einen grossen Schluck Wasser. Furrer erwachte, als Gubler sein Glas mit einem lauten Knall auf den Tisch stellte.

«Und, was haltet ihr von der Geschichte?», wandte sich Gubler an die beiden. Furrer ergriff als Erster die Initiative, was ihn völlig überraschte. Er konnte sich kaum vorstellen, dass Moritz Furrer irgendetwas mitbekommen hatte während seines Mittagsschlafs. Geduldig wartete er ab, was nun kommen würde.

Furrer stand auf, ging zur Pinnwand, kratzte sich am Hinterkopf und murmelte: «Schwieriger Fall. Wirklich ein schwieriger Fall.» Er setzte sich wieder auf seinen Stuhl.

Inzwischen hatte sich auch Mirta Marugg von ihrem Stuhl erhoben. Sie schaute konzentriert aus dem Fenster, wandte sich der Pinnwand zu und blickte dann wieder aus dem Fenster.

«Und was meinen Sie, Frau Marugg? Es scheint, dass sie die Lösung auf dem Parkplatz suchen.» Gubler erwartete eine ähnliche Reaktion wie die von Furrer.

Mirta sagte immer noch nichts. Wenigstens hat sie keine noch dümmere Antwort als Furrer, dachte er und wollte sich gerade von den beiden verabschieden, als Marugg fluchtartig Gublers Büro verliess.

«Entschuldigung, ich muss kurz auf die Toilette.» Gubler sah ihr erstaunt nach.

«Kann ich noch etwas für Sie tun?», fragte Furrer. «Wenn nicht, würde ich jetzt gerne Feierabend machen.» Gubler sah auf die Uhr. Es war kurz vor elf. «Und wie gesagt, wenn Sie meine Hilfe brauchen, wissen Sie ja, wo Sie mich finden.»

Gubler nickte und entliess Furrer.

An der Tür stiess er mit Mirta Marugg zusammen, die gerade von der Toilette kam. Er kam sich vor wie in einer Komödie. Die beiden hätten es mit den besten Komikerduos aufnehmen können.

«Entschuldigen Sie nochmals, Herr Gubler, aber es war wirklich dringend.» Gubler winkte lachend ab. Er wollte keine weiteren Details von Maruggs Toilettenbesuch hören. Aber er wollte von ihr wissen, was sie zu dem Gehörten zu sagen hatte.

«Nun, Frau Marugg, was denken Sie über diesen Fall? Haben Sie eine andere Meinung als Ihr Kollege zu diesem ‹wirklich schwierigen Fall›?»

«Ich stimme meinem Kollegen zu. Der Fall scheint schwierig zu sein, aber ...» Sie zögerte kurz, dann strafften sich ihre Züge: «Ich denke, die Ermittlungen gegen die Witwe Göker sollten intensiviert werden.»

Gubler wartete, bevor er antwortete, in der Hoffnung, dass sie etwas ausführlicher werden würde. Sie sagte nichts, sondern schaute auf die Tafel.

«Warum die Witwe? Die hat doch ein plausibles Alibi wie alle anderen, die wir ins Visier genommen haben.»

«Stimmt. Alle haben ein Alibi», Marugg suchte seinen Blick, «aber ausser der Witwe Göker hat niemand ein Motiv.»

Jetzt verstand er gar nichts mehr. Warum in aller Welt sollte ausgerechnet die Witwe ein Motiv haben? Im Schnelldurchlauf fasste er alles noch einmal zusammen: «Der Sommelier hatte ein Motiv. Er wusste, dass Göker Wein gepanscht hatte, und er hatte – zumal wegen seiner Erpressung – Angst, da mit hineingezogen zu werden. Marco Pol hatte ein Motiv, weil er Göker Geld schuldete, und Sarah Mühlstein hatte ein Motiv, weil das Geschäft nicht richtig lief und sie Sorge hatte, dass Göker die Überschreibung rückgängig machen könnte.

Gubler wusste selbst, dass dies nur Vermutungen waren. Die Motive, die er aufgezählt hatte, waren alle nicht ausreichend belastbar.

Die Polizistin stand immer noch vor der Wandtafel. «Hat eine der drei Personen eine entsprechende Aussage gemacht? Oder wurde von Göker gar bedroht?»

Gubler nahm seinen Notizblock vom Tisch und blätterte darin.

«Nein.»

«Ich weiss nicht, warum. Aber für mich führt der Weg zur Lösung des Falles über die Witwe Göker.»

Er wollte noch Jenals Meinung hören, doch der hatte nach dem vierten Hustenanfall beschlossen, den Rest des Tages im Bett zu verbringen, und das Büro verlassen. Mirta Marugg entschuldigte sich ebenfalls mit einem weiteren Toilettengang.

Er blieb allein zurück. Vor der Pinnwand stehend dachte er über die Aussage der jungen Polizistin nach: «Ich denke, die Ermittlungen gegen die Witwe sollten intensiviert werden.»

Er riss ein leeres Blatt vom Post-it-Block und schrieb in Grossbuchstaben: *WITWE GÖKER AUF DEN ZAHN FÜHLEN.*

Nachdem er den Zettel an die Wand geklebt hatte, verlies er ebenfalls das Büro. Er hatte keine Lust mehr. Für den Rest des Tages nahm er sich frei.

Societed dramatica da Segl

Der Unterhaltungsabend des örtlichen Theatervereins war ein fester Bestandteil von Hannas Jahreskalender. Das wollte sie nicht verpassen. Gubler sah auf die Uhr. Noch eine knappe Viertelstunde. Hanna stand immer noch vor dem Kleiderschrank und kämpfte mit der Entscheidung, welche Bluse sie anziehen sollte. Er wusste, jetzt war Geduld gefragt. Die Frage «Dauert es noch lange?» konnte fatale Folgen für den ganzen Abend haben.

Er schwieg und erinnerte sich an die Zeit, als er noch selbst als Laienschauspieler auf der Bühne gestanden hatte. Es waren schöne Erinnerungen. Er vermisste die gemeinsamen Proben und die Aufregung vor einer Aufführung. Raschèr wusste um seine Leidenschaft und hatte ihn mehr als einmal ermutigt, ebenfalls dem Verein beizutreten. «Es fehlt immer an Männern, und ein Schauspieler mit Erfahrung wird mit offenen Armen empfangen», hatte er ihm gesagt.

Hanna seufzte frustriert und holte eine weitere Bluse aus dem Schrank. «Was hältst du von dieser?», fragte sie unsicher.

Er betrachtete die Bluse, sah demonstrativ auf seine Uhr und nickte zustimmend. «Sieht gut aus», antwortete er lächelnd.

Hanna lächelte erleichtert zurück und zog die Bluse an. Endlich war sie bereit für den Abend. Gemeinsam verliessen sie die Wohnung und machten sich auf den Weg. Es war kurz vor acht, als sie das Schulhaus Champ Segl betraten. Vor dem Eingang zur Turnhalle drängten sich die Theaterbesucher.

Gubler hatte Mühe, die Raschèrs zu finden. Erna hatte ihm kurz zuvor per WhatsApp geschrieben, dass sie zwei Plätze für sie reserviert habe.

Auf der rechten Seite, etwa in der Mitte der zusammengestellten Tische, sah er sie winken.

Er winkte zurück und bahnte sich den Weg durch die voll besetzte die Halle.

«Ich habe schon gedacht, ihr kommt nicht mehr.» Raschèr zwinkerte Gubler zu.

«Die Kleiderwahl hat länger gedauert.» Hanna lächelte verlegen und entschuldigte sich für die Verspätung.

Erna lachte: «Pah. *Que nu fo ünguotta.*[16] Hauptsache, ihr seid jetzt hier.» Sie begrüsste Hanna mit einer Umarmung. «Und ihr seht beide grossartig aus. Die Mühe bei der Kleiderwahl hat sich auf jeden Fall gelohnt.»

Gubler wollte antworten, doch Hanna kam ihm zuvor: «Was trinkt ihr?»

«Hugo. Wollt ihr auch einen?»

«Warum nicht», antwortete Hanna. Gubler entschied sich für ein Weizenbier.

Die Stimmung im Saal war ausgelassen und fröhlich. Mani, der Musiker aus Südtirol, hatte sein letztes Lied auf der Bühne gespielt und versprach, nach der Theateraufführung wiederzukommen. Er übergab das Mikrofon an den Präsidenten des Theatervereins. Dieser bedankte sich bei Mani für seine musikalische Einlage, begrüsste die Anwesenden und bedankte sich für ihr Kommen. «*Buna saira cheras spectaturas e chers spectatuors. Bel cha vus essas cò*»,[17] wiederholte er, wie es sich gehört, die Begrüssung auch auf Rätoromanisch. Er forderte das Publikum auf, sich aktiv am Theaterverein zu beteiligen, und erwähnte die Sponsoren, ohne die eine solche Veranstaltung nicht möglich wäre. Dann kam eine Ansage, die Gubler völlig überraschte.

«Liebe Anwesende, leider habe ich die traurige Pflicht, Ihnen den Tod unseres Gönners Rafael Göker mitzuteilen. Rafael Göker war seit seinem Umzug mit seiner Frau nach Sils Passivmitglied in unserem Verein. Mit Rafael verlieren wir nicht nur einen wichtigen Sponsoren, sondern auch einen lieben Menschen, der sich mit grossem Engagement für unseren Verein eingesetzt hat. Er war stets bereit, uns finanziell zu unterstützen, und hat sich aktiv an verschiedenen Projekten beteiligt. Wir werden sein Engagement und seine Grosszügigkeit sehr vermissen. Nach Rücksprache mit Frau Göker wollen wir den Abend nicht mit einer Schweigeminute, sondern mit einem grossen Applaus beginnen. Das ist ihr ausdrücklicher Wunsch.»

Auch Gubler klatschte. Nachdem der Beifall abgeebbt war, erkundigte er sich bei Raschèr nach dem Namen des Präsidenten. Hanna kniff ihm unter dem Tisch in den Oberschenkel. «Du hast Feierabend.»

«Ein Kommissar hat nie Feierabend.»

Die Lichter im Saal wurden gelöscht. Die Vorstellung begann.

«Er heisst Dorigo Spreiter», antwortete Raschèr leise auf Gublers Frage.

«Raschèr, *tascha!*», befahl Erna.

Gubler und Raschèr schwiegen.

Zurück auf Feld eins

Gubler durchforstete noch einmal alle vorhandenen Akten. Dabei stiess er auf eine interessante Tatsache. Es gab keine Aussagen über Gökers Leben. Er und Jenal waren in einer Sackgasse gelandet. Es gab keine einzige Notiz über sein Hobby auf der Olympiabobbahn. Keine einzige Befragung ehemaliger Kunden. Keine Liste mit Freunden oder Bekannten. Das A und O der Ermittlungsarbeit war in diesem Fall mit Füssen getreten worden. Er war schockiert. Es schien, als hätte er den Grundsatz eines jeden Kriminalisten vergessen, nämlich: grundlegende Informationen über eine Person zu sammeln, um mögliche Motive oder Verdächtige zu identifizieren. Er wusste nichts über Rafael Göker, um es auf den Punkt zu bringen. Spätestens als er von der Tatsache überrascht worden war, dass dessen Frau eine Zwillingsschwester hatte, hätten ihm das auffallen müssen. Hatte er sein Handwerk denn vollkommen verlernt?

Fluchend zog er sein Handy aus der Jackentasche und wählte Jenals Nummer. Er wollte wissen, wie lange dieser noch krankgeschrieben war. Der Hustenanfall vor zwei Wochen hatte sich als Lungenentzündung herausgestellt. Nach dreimaligem Klingeln meldete sich Jenal. Gubler erkundigte sich nach seinem Krankenstand.

Jenal antwortete mit schwacher Stimme: «Es tut mir leid, Alessandro, aber ich kann dir keine genaue Auskunft geben. Der Arzt hat mich vorerst für weitere zwei Wochen krankgeschrieben, aber es könnte auch länger dauern.»

Gubler machte sich Sorgen um seinen Kollegen. «Mauro, ich muss den Fall Göker weiterführen. Ich werde zu Enea Cavelti gehen und ihn bitten, mir den Fall allein zu übertragen.» Er hoffte, dass Jenal nichts gegen seinen Vorschlag einzuwenden hatte. Dieser war schliesslich sein Vorgesetzter, und

Gubler wusste nicht, wie er reagieren würde. Aber er wusste auch, dass sie nicht miteinander auskommen würden. Sie waren zu verschieden. Jenal war ihm nicht unsympathisch, aber die Chemie zwischen ihnen stimmte nicht. Er war sich sicher, dass dies auch der Grund war, warum die Ermittlungen nicht optimal verlaufen waren.

«Einverstanden, Gubler. Aber halt mich auf dem Laufenden. Verstanden?» Jenals Zustimmung klang eher wie eine Drohung.

«Selbstverständlich, Mauro. Du bist der Chef», antwortete Gubler freundlich. Er hatte keine Lust, sich mit Jenal anzulegen. «Ich wünsche dir gute Besserung. Ich melde mich wieder.» Er drückte den Anruf weg und wählte die Nummer von Cavelti.

«Der Gubler lebt auch noch. Was gibt's?»

«Ciao Enea. Es geht um den Fall Göker. Ich möchte dir einen Vorschlag machen.»

«Ich höre.»

Gubler fuhr fort: «Jenal ist bis auf Weiteres krankgeschrieben, und ich denke, wir sollten einen anderen Weg wählen als bisher.»

Am anderen Ende der Leitung herrschte kurzes Schweigen, bevor Enea antwortete: «Was schlägst du vor?»

Gubler war erleichtert über Eneas Reaktion. «Ich möchte das nicht am Telefon besprechen.»

«Einverstanden.»

Sie verabredeten sich für den nächsten Tag in Chur.

Zwei Tage später lag Gubler halbwach in seinem Bett. In dieser Nacht hatte er ausnahmsweise einen lustigen Traum. Er träumte, er sei ein berühmter Komiker, stehe auf einer riesigen Bühne und erzähle einen Flachwitz nach dem anderen. Er musste lachen.

Hanna schüttelte ihn. «Darf ich mitlachen?»

«Worüber willst du mitlachen?»

«Ich weiss nicht. Am liebsten über deinen Traum.» Sie legte ihren Kopf auf seine Schultern. «Was hat das Gespräch mit Cavelti gestern ergeben?»

Er fasste es kurz zusammen, Details liess er bewusst weg. Hanna hörte ihm zu, ohne ihn zu unterbrechen. «Und wie geht es Jenal?»

«Er muss noch mindestens zwei Wochen zu Hause bleiben.»

Der Wecker seines Smartphones klingelte. Er stand auf, zog die Vorhänge beiseite und öffnete das Fenster. Der blaue Himmel versprach einen weiteren schönen Wintertag. Jeden Tag kam die Sonne früher hinter dem Piz Corvatsch hervor. Er zog seine Sportsachen an und verliess die Wohnung. Seit drei Wochen hielt er sich streng an Conradins Trainingsplan. Jeden Morgen begann er mit einer kurzen Langlaufeinheit auf der Loipe in der Silser Ebene, gefolgt von einem leichten Krafttraining mit Liegestützen und Kniebeugen. Auch seine Ernährung hatte er umgestellt und achtete meist darauf, nur gesunde und ausgewogene Mahlzeiten zu sich zu nehmen. Es war nicht immer einfach, sich an Conradins strikten Plan zu halten. Es gab Tage, an denen er keine Lust hatte, sich zu quälen. Doch dann erinnerte er sich an sein Ziel und daran, warum er überhaupt mit dem Training begonnen hatte. Er hatte sich vorgenommen, im März am Engadin Skimarathon teilzunehmen. Das Training hatte erste Früchte getragen. Nicht nur seine Kondition hatte sich verbessert. Neben dem Gewichtsverlust hatte sich auch seine Stimmung gebessert, was sich wiederum positiv auf die Beziehung zwischen ihm und Hanna auswirkte.

Vierzig Minuten später betrat er zufrieden und ausgepowert die Wohnung. Er freute sich auf das gemeinsame Frühstück mit Hanna.

Die ersten Minuten in seinem Büro gehörten dem Computer. Er öffnete seine Mailbox und überflog die eingegangenen Nachrichten. Ausser Caveltis Protokoll des gestrigen Gespräches war nichts von Bedeutung eingetroffen. Das Protokoll fasste das Wichtigste zusammen. Gubler hatte keine Einwände. Er druckte es aus, nahm einen Leuchtstift aus der Schublade und markierte den wichtigsten Teil:

Ab sofort übernimmt Alessandro Gubler den Fall Göker. Er berichtet direkt an Enea Cavelti. Mauro Jenal wird über diese Massnahme informiert und übernimmt nach seiner krankheitsbedingten Abwesenheit eine andere Aufgabe.

Das war mehr, als er erhofft hatte. Und er war erleichtert, dass Mauro Jenal bei dieser Entscheidung nicht übergangen worden war. Enea Cavelti hatte ihm nach dem Gespräch beim gemeinsamen Mittagessen mitgeteilt, dass Mauro Jenal nach Chur versetzt werde. «Er wird mein Nachfolger. Im internen Newsletter von nächster Woche werden alle informiert. Behalte die Nachricht also für dich.» Gubler war froh, dass sich das Verhältnis zwischen ihm und Jenal nach der letzten Aussprache wieder beruhigt hatte. Wie es mit Jenal und ihm in Zukunft weitergehen würde, darüber machte er sich noch keine Gedanken. Ihm kamen die Worte seiner Mutter in den Sinn: «Bis es so weit ist, fliesst noch viel Wasser den Inn hinunter.»

Er schlug sein Notizbuch auf. Auf einer neuen Seite notierte er alle Personen, mit denen er Kontakt aufnehmen wollte. Als Erstes stand der Besuch beim Betriebsleiter der Bobbahn auf dem Programm.

Die schnellste Taxifahrt der Welt

Erwin Spälti erwartete ihn am Ziel der Bobbahn. Nach einer kurzen, freundschaftlichen Begrüssung ging es los. Spälti hatte Gubler den Vorschlag gemacht, weil heute kein Rennen war und er Zeit hatte, die Bahn zu besichtigen. Während sie an der Bobbahn entlangliefen, donnerte alle fünf Minuten ein Bob an ihnen vorbei.

«Heute machen die Parabobs ihren ersten Testlauf.»

«Was sind Parabobs?», fragte Gubler den Betriebsleiter.

«Das sind Monobobs, die von Sportlerinnen und Sportlern mit einer körperlichen Behinderung gefahren werden.»

«Monobob, ist das ein ähnliches Gerät wie das, das Göker fuhr?»

«Ja, mehr oder weniger. Die Monobobs für Fussgänger unterscheiden sich nur unwesentlich.»

Inzwischen waren sie an der Stelle angekommen, wo Gökers Leiche gefunden worden war.

«Können wir hier kurz auf den nächsten Monobob warten?» Gubler wollte sich ein Bild davon machen, wie schnell die Schlitten hier vorbeikamen und ob die Theorie stimmte, dass ein Monobob an dieser Stelle nicht umkippen konnte.

«Natürlich. Haben Sie ein Handy?», fragte Spälti.

«Ja. Sogar ein neues», lachte Gubler.

«Dann filmen Sie doch den Bob, wenn er vorbeifährt. Vielleicht hilft das bei den Ermittlungen.»

«Ich dachte, die Bahn wird von oben bis unten mit fest installierten Kameras überwacht.»

«Ja, aber es gibt Stellen, an denen man nur die Ein- und Ausfahrt sieht. Diese Stelle ist völlig ungefährlich, deshalb filmen wir hier nur die Ausfahrt.»

Gubler zog sein Smartphone aus der Tasche und wollte es einschalten. Das Display blieb schwarz. Das konnte nicht sein. «Diese Scheissdinger», schimpfte er.

«Ist der Akku leer?»

«Wahrscheinlich.»

«Ich filme mit meinem.»

«Danke.»

«Gern geschehen.»

Sie schauten drei Bobs hinterher, die an ihnen vorbeifuhren. Spälti filmte jeden einzelnen und erklärte ihm, warum man an dieser Stelle nicht stürzen könne. Gubler machte sich Notizen und beendete die Physikstunde mit dem Angebot, sich zu duzen. Spälti nahm an. Sie gingen weiter, Gubler mit der Gewissheit, dass Göker und der Bob an dieser Stelle nicht verunfallt waren.

Er wollte mit dem Bahnarbeiter sprechen, der Göker gefunden hatte.

Spälti musste ihn enttäuschen: «Er hat diese Woche frei. Er ist Vater geworden und kommt erst am Sonntag wieder.» Er sah die Enttäuschung in Gublers Gesicht. «Ich glaube nicht, dass der Hofer dir viel mehr erzählen kann als beim ersten Mal.»

Sie gingen weiter. Gubler war erstaunt, wie gut er Spälti folgen konnte. Das tägliche Langlauftraining machte sich bezahlt.

«Wie gut kanntest du Göker?», fragte er, ohne aus der Puste zu kommen. Das neue Gefühl gefiel ihm. Sehr sogar.

«Nicht so gut. Ich war ein paar Mal als Betriebsleiter bei ihnen in ihrem Club eingeladen und kam so mit ihm ins Gespräch. Er hat sich auch immer wieder als grosszügiger Sponsor bei unseren kleineren Rennen gezeigt. Er war ein sehr umgänglicher Mensch.»

«Hatte er Feinde?»

«Wer hat die nicht?», lachte Spälti. Gubler konnte ihm nur zustimmen. «Wie gesagt, so gut kannte ich ihn nicht.» Spältis Handy klingelte.

«Sorry, aber da muss ich kurz rangehen.»

Gubler hielt den Daumen hoch und blickte einem anderen Monobob hinterher, der auf der *Wall*-Geraden Richtung *Snake 1* unterwegs war. Hier war das Tempo noch nicht so hoch, und ein Fahrfehler würde viel Zeit kosten. Er war fasziniert von diesem Sport. Er dachte an seine Jugend zurück und fragte sich, warum er nie mit dem Bobfahren in Berührung gekommen war. Eine Antwort hatte er nicht.

«Tut mir leid. Ab und zu ist die Meinung des Chefs gefragt. Wo waren wir stehen geblieben?»

«Bei der Frage, ob er Feinde hatte.»

«Wie gesagt. Ich kannte ihn nicht so gut. Aber Peter Streuli. Die beiden waren dicke Freunde.»

«Und wo finde ich diesen Streuli?»

«Wahrscheinlich am Start. Er ist einer der Hauptsponsoren beim Parabob-Wettbewerb und Rennleiter des morgigen Rennens.»

Spältis Telefon klingelte erneut.

«Entschuldigung.» Er nahm den Anruf entgegen. Während er telefonierte, marschierten sie weiter und erreichten kurz vor Mittag den Startplatz. Die Sonne schien mit voller Kraft auf die gut besetzte Terrasse des Restaurants.

Spälti winkte ihn zu sich: «Ich bin gleich wieder da.»

Gubler setzte sich und studierte die Speisekarte. Er bestellte beim Kellner eine Bratwurst mit Rösti und extra viel Zwiebelsauce.

Während er seinen zweiten Kaffee trank, wurde er über die Lautsprecheranlage ausgerufen: «Alessandro Gubler bitte zum Taxistand. Alessandro Gubler zum Taxistand.»

Er gab dem Kellner ein Zeichen, dass er zahlen wollte.

« *E già pagato.* Herr Spälti hatte schon bezahlen. *Tutto a posto.*»

Er bedankte sich und machte sich auf den Weg zum Stand, wo die Tickets für die Taxibobfahrten verkauft wurden. Den Weg dorthin kannte er noch vom letzten Mal.

Am Taxistand herrschte reges Treiben. Eine freundliche Dame gab den Wartenden letzte Anweisungen, legte ihnen ein Dokument zur Unterschrift vor und drückte ihnen schliesslich ein Ticket in die Hand. «Bitte tauschen Sie das Ticket nicht untereinander aus. Die vorgesehene Nummerierung ist einem Bob zugeordnet.» Aufgeregt verliessen sie das Gebäude und begaben sich auf ihre erste Taxifahrt. Die Frau hinter dem Tresen aus Arvenholz nutzte die plötzliche Ruhe, um einmal tief durchzuatmen.

«Sind Sie der Herr Gubler?»

Er nickte.

«Füllen Sie bitte dieses Formular aus, dann begleite ich Sie zum Helmstand. Dort können sie ihren Helm abholen.» Sie sah ihn an, holte eine Roger-Staub-Mütze aus einem Karton und reichte sie ihm. «Medium müsste passen.»

Er hatte keine Ahnung, was hier vor sich ging. «Entschuldigen Sie bitte. Aber ich weiss nicht, was ich mit dem Ding anfangen soll und wofür ich dieses Formular ausfüllen soll.»

«Das müssen alle machen, die mit dem Bob runterfahren. Das ist Pflicht», sagte sie betont langsam, um ihrer Aussage noch mehr Nachdruck zu verleihen.

«Hören Sie ...»

«Alexandra. Aber alle sagen Alex zu mir.»

«Also, Alex. Ich glaube, hier besteht ein Missverständnis. Ich habe keine Taxifahrt gekauft und kann mich auch nicht erinnern, eine gebucht zu haben.»

«Das hat Erwin gemacht. Alles ist gebucht und bezahlt. Kommen Sie, Ihr Schlitten ist als Nächster dran.» Sie zeigte auf das Dokument.

«Bitte hier unterschreiben. Den Rest füllen wir nach der Fahrt aus.»

Völlig überrascht von ihrer Entschlossenheit unterschrieb er das Formular und wurde sanft in Richtung Startbox geschoben.

Er drückte sich gegen die Rückenlehne des Sitzes und versuchte, die Beine so weit wie möglich auszustrecken. Aber selbst das war unmöglich. Der Mann vor ihm war ein Berg und wog bestimmt über hundert Kilo. Curdin, der sich ihm als Bremser vorgestellt hatte, machte sich daran, den Berg nach vorne zu schieben, was ihm tatsächlich gelang.

«Das sind deine Griffe», sagte er zu Gubler. «Ich muss auch in den Bob. Wenn wir losfahren, versuche, deine Beine ein wenig zusammenzudrücken.» Er klopfte mit der flachen Hand auf Gublers Helm und fügte freundlich hinzu: «Viel Spass. Los geht's.»

Gubler hörte, wie der Sprecher die Strecke freigab. Ein leichter Ruck verriet ihm, dass sich der Taxi-Viererbob in Bewegung gesetzt hatte. Er umklammerte die Griffe. Er wollte gar nicht daran denken, wie gefährlich diese Fahrt von St. Moritz nach Celerina war und plötzlich fiel ihm der *Horse Shoe* ein, und er fragte sich, wie sie mit dieser Rumpelkiste die 180-Grad-Richtungsänderung schaffen sollten. Inzwischen hatte der Bob ein ordentliches Tempo aufgenommen, und sie fuhren auf die erste grosse Kurve zu. Den *Sunny Corner*. Der Mann vor ihm bewegte sich hin und her. Bei jeder Bewegung drückte er mit seinem Oberkörper gegen Gublers Knie, was ihm zusätzliche Unannehmlichkeiten bereitete. Er seufzte leise, versuchte, den hundert Kilo schweren Brocken nach vorne zu drücken, und spürte, wie der Bob eine scharfe Kurve nahm und sein Kopf nach unten gedrückt wurde. Auch der Mann vor ihm wurde kleiner, und eine Kurve folgte der anderen. Er verlor völlig die Orientierung. Mit mehr als hundertdreissig Stundenkilometern rasten sie auf die letzte Kurve zu, die ihn noch einmal richtig in den Bob drückte. Plötzlich wurden sie langsamer und kamen schliesslich zum Stehen. Sie hatten das Ziel erreicht. Curdin half ihm aus dem Bob und gratulierte ihm zur bestandenen Bobtaufe. Gubler hatte weiche Knie und zitterte am ganzen Körper. Die Fahrt hatte ihm einen unglaublichen Adrenalinschub gegeben.

Der Taxipilot klopfte ihm auf die Schulter und nahm ihm den Helm ab.

« *Eau speresch cha que t'hegia plaschieu, Alessandro.*» [18]

« Das war der Hammer, obwohl ich von der Strecke nichts gesehen habe.» Er sah den Taxipiloten an, der inzwischen seinen Helm ebenfalls ausgezogen hatte. « Woher kennen wir uns?», fragte er immer noch wie im Rausch.

« Christian Mehli.»

« Hitsch?» Er hatte seinen ehemaligen Schulfreund nicht erkannt.

Irgendwann sah Gubler auf die Uhr. Nach der Taxifahrt hatte er noch lange mit Hitsch auf der Sonnenterrasse der Bobbahn gesessen. Sie hatten sich Geschichten von früher erzählt. Ein paar Stunden später gesellten sich auch Erwin Spälti und Peter Streuli dazu. Gubler genoss den Abend in der lockeren Runde. Kurz vor Mitternacht verabschiedete er sich. Zufrieden stieg er in das Taxi, das Spälti für ihn bestellt hatte, und liess sich nach Hause fahren.

Nichts Neues und doch einen Schritt weiter

Gubler hatte keine Eile. Auf seine tägliche Langlaufrunde hatte er heute Morgen verzichtet. Mit einem entschlossenen Lächeln stand er auf, nahm seine Urkunde und legte sie auf den Küchentisch. *Wir gratulieren Ihnen zur bestandenen Bob-Taufe.* Mit einer Tasse Kaffee wartete er auf Hanna, die sich im Badezimmer zurechtmachte.

«Wie bist du gestern nach Hause gekommen?», fragte sie neugierig, als sie sich zu ihm gesellte.

«Mit dem Taxi.»

«Danke, dass du mich angerufen hast. Ich habe mir ernsthafte Sorgen gemacht.»

«Entschuldigung, aber mein Handy hatte wieder einmal keinen Strom.»

Sie grinste: «Erzähl von deinem Abenteuer.»

Er schob ihr die Urkunde zu und berichtete von seiner Bob-Taufe.

«Und was hast du heute vor?», wollte sie anschliessend von ihm wissen.

«Ich treffe mich um halb elf mit Peter Streuli in seinem Restaurant.»

«Ist das nicht der, der die alte Postremise in St. Moritz gekauft hat?»

«Stimmt. Göker und er waren gute Freunde.»

«Willst du mit mir mitfahren?»

«Gerne. Hast du noch Zeit?»

«Heute schon. Mein Dienst beginnt erst um zehn.»

Gubler drückte ihr einen Kuss auf den Mund und verliess singend die Küche.

Hanna parkte ihren Wagen vor dem Heilbad in St. Moritz. Gubler machte sich auf den Weg zum Restaurant *al teatro*. Sie hatten ausgemacht, dass sie sich heute Abend bei der Migros treffen würden. Der Wocheneinkauf stand an. Er überlegte kurz, ob er in den Bus steigen sollte, der ins Dorf fuhr, entschied sich aber dagegen. Er wollte das ausgefallene Training kompensieren.

Das Restaurant war fast leer. Er griff nach der *Engadiner Post*, die auf einem kleinen Tisch lag, setzte sich an die Bar und bestellte einen Schwarztee mit Zitrone. Er las die Schlagzeile auf der Frontseite der Lokalzeitung: *Rückbau des roten Holzturms auf der Julierpasshöhe*.

Der Initiant bedankte sich im Artikel bei den Behörden und stellte gleichzeitig sein neues Konzept an derselben Stelle vor. Gubler blätterte weiter. Auf Seite vier stiess er auf ein Inserat: *Laiendarsteller gesucht*. Er überflog das Inserat und notierte sich die Nummer des Präsidenten der *Societed dramatica da Segl*.

«Guten Morgen, Alessandro. Ich bin gleich bei dir. Ich bringe nur noch schnell den Hund in die Wohnung», begrüsste ihn Streuli. Gubler nickte und schaute dem Hund nach. Es war Ende Februar. Noch drei Monate und dann war es wieder so weit. Er freute sich auf die Alp Muot Selvas zuhinterst im Fextal, auf die Schafe und auf Sky, den Border Collie. Sein erstes Jahr als Schafhirte war nach anfänglichen Schwierigkeiten ganz gut verlaufen, und der Alpmeister Pierino Dusch hatte ihm das Angebot gemacht, auch in diesem Sommer auf die Alp zu gehen.

«Komm, lass uns hoch in mein Büro gehen, da sind wir ungestört», holte Streuli ihn aus seinen Gedanken.

Das Büro war riesig. An den Wänden hingen Fotos von allen möglichen Prominenten aus der Schweiz und dem na-

hen Ausland. Von Bundesräten über Filmstars, von Sport-
grössen bis hin zu Popstars. Sogar Roger Federer strahlte mit
Streuli vor dem Dracula Club um die Wette. Gubler war beeindruckt.

«Nun zu Rafael Göker.» Streuli machte ihm ein Zeichen,
sich zu setzen.

«Du kennst die alle persönlich?»

«Ja, die einen besser, die anderen schlechter. Mit den einen würde ich in die Ferien fahren, die anderen würde ich nie
wieder einladen», lachte Peter. Gubler setzte sich zu ihm an
den Salontisch. Dort lag ein offenes Fotoalbum. Peter Streuli
schob es ihm zu.

«Das Verlobungsfoto von Rafael und Priscilla.»

Gubler betrachtete das Foto. Er nahm sein Notizbuch und
suchte nach dem Eintrag, den er bei der Vernehmung in der
Villa gemacht hatte. Den Vornamen der Witwe hatte er nirgends notiert. «Eine attraktive Frau», stellte er fest.

«Sehr.» Streuli nahm das Album zu sich, blätterte eine
Seite weiter und gab es ihm zurück. Gubler verstand nicht.
Auch auf dieser Seite strahlten dieselben zwei Personen um
die Wette wie auf der vorherigen.

«Das ist das gleiche Bild nochmal.»

«Nicht ganz. Blättere eine Seite zurück.»

Gubler tat, was Peter ihm sagte. Er stutzte. «Warum ist
dasselbe Foto auf zwei Seiten des Albums eingeklebt?»

«Es sind nicht die gleichen Personen. Priscilla hat, wie du
weisst, eine Zwillingsschwester.»

«Und Rafael etwa auch einen Zwillingsbruder?», fragte
Gubler ungläubig.

Streuli nickte. «Einen eineiigen Zwillingsbruder. Riccardo
Göker und Sarah waren ein Paar. Er ist tödlich verunglückt.
Er war mit dem Fahrrad in Chiavenna gestartet und wollte
über den Splügenpass fahren. Sarah, so war es abgemacht,

sollte in Andeer auf ihn warten, aber er ist dort nie angekommen.»

«Was ist passiert?»

«Das hat man nie erfahren. Er wurde auf der Nordseite des Passes leblos neben der Strasse gefunden. Im Polizeirapport hiess es: *tödlicher Unfall durch einen Fahrfehler.*»

«Wann ist das passiert?»

«Im Juli vor zwei Jahren.» Streuli schloss das Album.

«Darf ich es mir kurz anschauen?»

«Natürlich.»

«Sarah hat mir nichts von Riccardo erzählt. Kannst du mir das erklären?» Er ärgerte sich masslos. Auch das Gespräch mit Sarah hatte er verpatzt.

Streuli antwortete nicht sofort. Gubler sah ihn an.

«Sie hat diesen Verlust nie verwunden. Sie hat nie wieder von ihm gesprochen.»

«Und Rafael?»

«Auch nicht. Er brauchte professionelle Hilfe. In der Klinik haben sie alles versucht, aber ohne starke Medikamente hielt er es kaum aus.» Streuli holte ein Glas Wasser. «Möchtest du auch?»

«Nein danke. Ist schon gut.»

«Einen Kaffee?»

«Da sage ich nie nein», bedankte sich Gubler. «Wie war das Verhältnis zwischen Rafael Göker und Sarah?»

«Gut, sehr gut sogar. Sarah hat ihr Leben nach Riccardos Tod der Weinhandlung gewidmet. Sie ist jeden Tag dort. Ich glaube, für sie ist das eine Art Therapie.» Streuli brachte Gubler den Kaffee. «Und dann hat Rafael ihr vor einem halben Jahr den Laden überschrieben, mit all den Weinen.»

Gubler zog sein Buch hervor, er fand die Notiz sofort. «Was war der Grund für den Streit zwischen den beiden Schwestern?»

Die Frage überraschte Streuli. «Hat sie dir erzählt, dass sie Streit haben?»

«Nein, das nicht. Aber die Frage, wie ihr Verhältnis sei, hat sie so beantwortet», er las vor, was er sich beim Besuch der Weinhandlung in Baden notiert hatte, «‹nicht das beste, nicht mehr das beste›. Weisst du, warum?»

Streuli nickte. «Geld.»

«Geld?»

«Ja, das verdammte Geld.» Streuli stand auf und schaute aus dem Fenster. «Der Umbau in Sils war aus den Fugen geraten. Priscilla war nicht mehr wiederzuerkennen. Sie wollte kein schönes Haus, sie wollte einen Palast», er machte eine kurze Pause, bevor er weitersprach, «und dieser Innenarchitekt hat sie in ihrem Wahn noch unterstützt.»

«Peter Fähnrich?»

Streuli war ein weiteres Mal von Gubler überrascht. «Du kennst ihn?»

«Nein.» Gubler erzählte ihm von dem Vorfall, den er in der Migros in Samedan mitbekommen hatte. Die Information, die er von Raschèr erhalten hatte, verschwieg er bewusst. Er wollte noch nicht alle Karten auf den Tisch legen.

Streuli nahm das Fotoalbum zur Hand und suchte nach einem Bild. Als er es gefunden hatte, reichte er es ihm. Es zeigte Collin, den Bruder der beiden Zwillingsschwestern. Er hatte ein strahlendes Lächeln im Gesicht. Links und rechts von ihm standen Rafael und Riccardo. «Eine Tragödie, Gubler. Eine echte Tragödie.»

«Was für eine Tragödie?»

«Collin hat durch Rafaels Tod seinen Anker verloren.»

Gubler musste mehr wissen. «Was meinst du damit, ‹den Anker verloren›?»

«Rafael und Riccardo hatten von Anfang an ein gutes Verhältnis zu Collin. Collin wiederum konnte die beiden nicht auseinanderhalten. Vielleicht wollte er das auch gar nicht. So genau weiss das keiner. Für das Vierergespann war es eine unglaubliche Erleichterung. Unter der Woche war Collin in einer betreuten Gruppe, am Wochenende nahmen sie ihn abwechselnd zu sich nach Hause. Auch die Ferien konnten sie so unter sich aufteilen. Nach Riccardos Tod war Collin dann immer bei Priscilla und Rafael.» Streuli erzählte weiter, dass sich Collins Verhalten nicht verändert und Rafael sich noch intensiver um ihn gekümmert habe. Die Beziehung zu den Schwestern hingegen sei immer schwieriger geworden. In letzter Zeit habe es immer wieder Streit zwischen den Zwillingsschwestern gegeben.

«Und das Auftauchen von Peter Fähnrich hat die Situation noch verschlimmert.»

«Ja», antwortete Streuli.

«Wusste Rafael von der Liebesbeziehung zwischen Priscilla und dem Innenarchitekten?» Er nannte den Namen bewusst nicht. Er spürte, dass Streuli eine Abneigung gegen Fähnrich hegte.

«Ja, und das hat seine Gesundheit zusätzlich belastet. Er liebte Priscilla abgöttisch. Er begann, seinen Kummer zu ertränken.» Seine Stimme stockte. Sein Gesichtsausdruck verriet, dass ihm die ganze Sache sehr naheging. Er sah Gubler lange an. «Rafael war mein bester Freund. Sein Tod ist sehr schwer für mich. Wenn ich dir irgendwie helfen kann, diesen Todesfall aufzuklären, dann ruf mich an. Ich möchte wissen, warum er gestorben ist.» Er gab Gubler seine Visitenkarte.

«Ich brauche eine genauere Antwort, warum es zu dem Streit zwischen den beiden Schwestern gekommen ist.»

«Sarah ist zutiefst enttäuscht von Priscilla. Sie hasst diesen Fähnrich und sie hasst Priscillas Geldgier.»

«Was meinst du mit ‹Geldgier›?»

«Priscilla hat Rafael zu Lebzeiten aufgefordert, von Sarah eine Abfindung zu verlangen. Sie war der Meinung, dass Sarah ihm Geld schuldete. Sie war nicht damit einverstanden, dass Rafael ihr bei der ‹Geschäftsschenkung›, wie sie es nannte, den gesamten Weinbestand unentgeltlich überlassen hatte.»

«Und was hat Rafael dazu gesagt?»

«Dieses Thema führte jedes Mal zu einem riesigen Streit.» Streuli schaute auf die Uhr. Gubler zog sein Handy aus der Jackentasche. Es war kurz vor Mittag.

«Ich muss dich leider rausschmeissen», entschuldigte sich Streuli. «Ich habe ein Meeting über Mittag.»

Gubler erhob sich und reichte ihm die Hand. «Danke für deine Zeit, Peter, und danke für die Bobfahrt gestern. Es war unglaublich.»

«Du musst dich bei Erwin Spälti bedanken.»

«Das habe ich, aber er hat mir auch den Sponsor der Fahrt genannt», lachte Gubler augenzwinkernd.

Streuli begleitete ihn zum Aufzug. «Alessandro, bitte sorg dafür, dass Rafaels Tod aufgeklärt wird.»

Gubler nickte, wollte aber nicht antworten. Das Gespräch hatte viele neue Erkenntnisse gebracht, und obwohl sein Bauchgefühl ihm sagte, dass Streuli als Verdächtiger nicht in Frage kam, durfte er nichts ausschliessen.

Als er mit Streuli im Korridor auf den Fahrstuhl wartete, kam Gubler eine weitere Frage in den Sinn: «Glaubst du, dass Riccardos Fahrradunfall etwas mit Rafaels Tod zu tun haben könnte?»

Streuli antwortete nicht sofort, er dachte nach. «Nein. Das glaube ich nicht. Warum denkst du das?»

«Einfach so. Die Frage kam mir spontan in den Sinn.»

Streuli war ein guter Menschenkenner und war sich sicher, dass Gubler diese Frage nicht zufällig gestellt hatte. Gubler war ihm sympathisch, und irgendetwas sagte ihm, dass sie sich noch öfter sehen würden. Inzwischen war der Lift angekommen. Gubler stieg ein und drückte auf den Knopf.

«Gubler, noch etwas», Streuli schob seinen Fuss in die sich schliessende Tür, die sich mit einem Ruck wieder öffnete, «Sarah und ich sind ein Paar. Es ist noch frisch und nicht ganz einfach, aber wir sind auf dem richtigen Weg. Das wollte ich dir noch sagen.»

«Ich danke dir, Peter, für deine Offenheit.»

«Gern geschehen», antwortete Streuli lächelnd. «Ich bin sicher, du hättest es sowieso herausgefunden.»

«Das hätte ich wohl.» Sie verabschiedeten sich freundlich.

Er hatte wieder viele Informationen erhalten und wusste nicht, was er damit anfangen sollte. Dieser Fall schien einen perfiden Regisseur zu haben.

Ein lautes Hupen riss ihn aus seinen Gedanken. «Schau auf die Strasse, *tü plufrun!*» Der Autofahrer zeigte ihm verärgert den Stinkefinger und fuhr weiter. Gubler wollte es ihm gleichtun, konnte sich aber im letzten Moment zurückhalten. Er schrie dem Autofahrer seinen ganzen Frust mit einem Fluch hinterher und machte sich auf den Weg zur Bushaltestelle beim Schulhausplatz.

Gedankenaustausch

Auf seinem Schreibtisch hatte sich viel Post angesammelt. Gubler nahm den ganzen Stapel und legte ihn zur Seite. Er atmete tief durch und warf einen Blick auf die unveränderte Pinnwand. Entschlossen stand er auf und verliess das Büro. Kurze Zeit später kam er mit einem feuchten Lappen zurück und riss alle Post-it-Zettel von der Wand. Mit dem Lappen begann er, die Pinnwand zu reinigen, bis die Oberfläche wieder sauber war. Er suchte den gelben Zettel mit der Notiz *WITWE GÖKER AUF DEN ZAHN FÜHLEN*, klebte ihn auf die leere weisse Pinnwand, ging zurück an seinen Schreibtisch und wählte die interne Nummer von Mirta Marugg.

«Wachtmeister Steiner am Apparat, was kann ich für Sie tun?»

«Ich suche Polizistin Marugg.»

«Sie beginnt ihren Dienst in einer Stunde.»

«Gut. Schicken Sie sie zu mir, sobald sie im Büro ist.»

«Mache ich.» Steiner räusperte sich. «Noch eine Frage.»

«Ja.»

«Wer ist ‹zu mir›?»

«Ach so, Entschuldigung. Zu mir, Kommissar Gubler.»

«In Ordnung. Mach ich gerne.» Gubler wollte schon auflegen, als Steiner sich wieder meldete. «Bevor ich es vergesse. Heute war ein Rechtsanwalt Tambur hier und hat einen Umschlag für Sie abgegeben. Ich habe ihn auf Ihren Aktenberg gelegt.» Er verabschiedete sich von Gubler, der das Kuvert nach kurzem Suchen fand und aufriss. Er las das Aktenstück: *Ärztliches Zeugnis für Collin Mühlstein.*

Hiermit bestätige ich, dass der oben genannte Patient derzeit nicht einvernahmefähig ist. Die genaue Diagnose und weite-

re Informationen können aus Gründen des Patientenschutzes nicht in diesem Zeugnis vermerkt werden.

Unterschrieben war das Zeugnis von Dr. Gutjahr, einem Facharzt aus Chur.

Nach einem zweiten Lesen warf er es auf den Tisch und verliess das Büro.

Es war Zeit für einen weiteren Kaffee.

Als er nach einer Stunde zurückkam, wartete die junge Polizistin bereits in seinem Büro. Lachend zeigte sie auf die weisse Tafel.

«Wie ich sehe, hat eine Notiz überlebt.»

«Sieht so aus.» Die junge Polizistin war ihm äusserst sympathisch. «Ich will nicht lange um den heissen Brei herumreden. Alle Verdächtigen, die wir im Visier hatten, haben, wie wir wissen, ein Alibi, und wir konnten bei ihnen auch kein plausibles Motiv für einen Mord erkennen. Wir wissen noch nicht einmal, ob es sich überhaupt um einen Mord handelt.» Er nahm einen neuen gelben Zettel, schrieb *Streuli* darauf und klebte ihn an die Pinnwand.

«Hat dieser Streuli etwas mit Gökers Tod zu tun?», fragte Marugg.

«Nein. Er war ein guter Freund von Rafael Göker und hat ein Verhältnis mit der Zwillingsschwester der Witwe Göker.»

Gubler sah, dass Marugg ihm nicht ganz folgen konnte. Er brachte sie auf den neuesten Stand.

«Interessante Geschichte. Stoff genug für einen Krimi.»

Jetzt musste Gubler lachen. Seine Laune wurde von Minute zu Minute besser. «Wer weiss, vielleicht mache ich das eines Tages. Ich setzte mich hin und schreibe einfach so einen Krimi.» Er streckte ihr die Hand hin. «Übrigens, mein Name ist Alessandro.»

«Und ich heisse übrigens Mirta.» Auch sie streckte ihm die Hand entgegen.

«Schlagfertigkeit scheint deine Stärke zu sein.»

«Nicht unbedingt, aber als junge Frau muss man auf diesem Planeten seinen Mann stehen.»

Darauf wusste er keine Antwort und wechselte das Thema: «Also, ich glaube, Streuli hat mir nicht alles erzählt.»

«Warum glaubst du das?»

«Ich glaube einfach, dass bei der Geschichte mit dem Tod von Gökers Bruder ...»

«... das ist der Zwillingsbruder, der mit dem Fahrrad verunglückt ist?»

«Genau. Ich glaube, da ist mehr dran.» Er nahm einen neuen Zettel.

Unfallakte Göker, Riccardo.

«Kannst du das übernehmen?»

«Ich?» Mirta war überrascht.

«Ja. Hast du ein Problem damit?»

«Nein. Ich nicht. Aber unser Vorgesetzter Jenal vielleicht schon. Hast du schon mit ihm gesprochen?»

«Nein. Aber ich werde das klären. Ich habe einen direkten Draht nach Chur.» Er heftete den Zettel an die Wand. «Versuch, die Akten zu bekommen. Ich will wissen, ob es darin einen Hinweis gibt, ob es vielleicht doch kein Unfall war.»

Er nahm einen anderen Zettel.

Obduktionsbericht Göker, Rafael anfordern.

«Diesen Bericht kannst du bei der Rechtsmedizin in Chur anfordern. Frag nach Dr. Bivetti und grüss ihn von mir». Ein weiterer Post-it-Zettel fand seinen Weg an die Tafel.

«Und dann ist da noch der Bruder der Zwillingsschwestern.» Er schrieb den Namen auf. «Das wird die grösste

Herausforderung.» Gubler überreichte ihr das ärztliche Zeugnis, das er von Rechtsanwalt Tambur erhalten hatte.

«Das ist Collin, der an Autismus leidet. Richtig?»

Er nickte.

Mirta las das Zeugnis. «Wie willst du vorgehen? Soweit ich informiert bin, ist es nicht ganz einfach, Vertrauen zu Menschen mit dieser Eigenschaft aufzubauen.»

«Das stimmt. Und trotzdem müssen wir irgendwie an ihn herankommen.» Er sah Mirta an. «Hattest du schon mal mit Autisten zu tun?»

Sie verneinte.

«Autisten haben eine grosse Stärke. Sie sind ehrlich, direkt in ihrer Kommunikation und manipulieren andere Menschen in der Regel nicht.»

«Können Autisten auch neue Beziehungen eingehen?», fragte Mirta.

«Soweit ich weiss, ja.»

«Dann frag doch mal deine Hanna, ob sie dir helfen kann.»

«Hanna? Wie kommst du auf Hanna?»

«Ist sie nicht so eine Art Psychologin?» Mirta zwinkerte ihm zu.

«Sie *ist* Psychologin und nicht nur so etwas wie Psychologin. Aber wie soll Hanna uns helfen?»

«Alessandro, stehst du auf der Leitung? Sie kann dir bestimmt Tipps geben, wie du eventuell an Collin herankommst.»

Gubler staunte nicht schlecht. Er rekapitulierte die Ereignisse der vergangenen Tage und stellte erfreut fest, dass er mehr erreicht hatte als in der ganzen Zeit zuvor. Die Gespräche mit Sarah Mühlstein, Peter Streuli und die Zusammenarbeit mit Mirta hatten neuen Schwung in die Sache gebracht.

«Guter Gedanke, Mirta. Ich nehme mir deinen Rat zu Herzen.»

«Wow, das klingt ja fast wie eine Liebeserklärung. Aber tut mir leid. Ich bin schon vergeben. In knapp zwei Monaten heisse ich Stocker.»

Er wollte etwas sagen, doch Mirta setzte bereits zur nächsten Frage an: «Sollten wir nicht auch diesen Peter Fähnrich befragen? Das könnte vielleicht auch in der Familie für Stimmung sorgen.»

«Sehr gute Idee.» Gubler zog einen Zettel hervor und reichte ihn ihr. Sie nahm einen Bleistift und schrieb: *Peter Fähnrich / Einvernahme.*

«Danke, Mirta. Ich freue mich auf unsere Zusammenarbeit.»

«Ebenso, Alessandro.» Sie winkte zum Abschied und ging zur Tür, dann drehte sie sich noch einmal zu ihm um. «Noch eine Frage, Alessandro.» Gubler sah sie an. «Wie war die Bobfahrt?»

«Es war der absolute Hammer. Ich werde mir das Vergnügen noch einmal gönnen.»

«Sagst du mir Bescheid, wenn es so weit ist?»

«Du kommst auch mit?»

«Ja. Meine Freundin Monica und ich wollten das schon immer mal machen, aber irgendwie hat uns bisher der Mut gefehlt.»

Gubler nahm sein Notizbuch und schrieb: *Gregor Spälti. Bobfahrt organisieren. Drei Personen.* «Notiert.»

Mirta hob den Daumen. «Danke. Du hast was gut bei mir.»

«Eine Einladung zum Hochzeitsapéro reicht.» Mirta verliess lachend das Büro.

Gubler sah ihr nach, wartete, bis sie die Tür geschlossen hatte, nahm sein Handy und wählte Caveltis Nummer.

Hannas Empfehlung

«Kennst du dich mit Autismus aus?», fragte Gubler Hanna, während sie die letzten Teller in den Geschirrspüler räumten.

«Ein bisschen», antwortete sie, drückte die Taste für kurzen Spülgang, klappte die Tür der Maschine zu und setzte sich mit zwei Gläsern Rotwein an den Tisch. «Ich habe während meines Studiums über Autismus gelesen und auch einige Vorlesungen besucht, aber ich bin mir sicher, dass es noch vieles gibt, was ich nicht weiss. Warum fragst du?»

Gubler erzählte ihr, was er von Streuli über Collin erfahren hatte, und schilderte ihr den Vorfall im Migros-Restaurant. «Wir kommen mit den Ermittlungen im Fall Rafael Göker immer besser voran, und ich glaube, Collin könnte uns Hinweise zur Lösung des Falles geben», er prostete Hanna zu und nahm einen Schluck, «aber ich habe keine Erfahrung im Umgang mit Autisten.»

«Was ist dein Ziel?»

«Wenn es möglich ist, eine Beziehung aufzubauen, um mit ihm ins Gespräch zu kommen.»

Sie überlegte. «Aber wie gesagt, mir fehlt es an fundiertem Wissen über Autismus.»

«Erzähl mir, was du weisst. Vielleicht hilft es mir weiter.» Er stand auf und holte die halbvolle Weinflasche. Er füllte die beiden Gläser nach. Hanna nahm das Weinglas und kippte es langsam einmal nach links, dann wieder nach rechts. Sie beobachtete, wie der Wein sich ihrem Spiel unterwarf. Gubler drängte sie nicht. Er wartete. Er wusste, Hanna würde weiterzählen.

«Autismus ist eine komplexe neurologische Entwicklungsstörung. Es ist wichtig zu betonen, dass Autismus ein Spektrum ist, das heisst, es gibt eine grosse Bandbreite an Ausprägungen und Schweregraden. Autistische Menschen sind individuell einzigartig und können sehr unterschiedliche Fähigkeiten und Bedürfnisse haben.»

Gubler hörte interessiert zu.

«Die genauen Ursachen von Autismus sind noch nicht vollständig verstanden, aber man geht davon aus, dass sowohl genetische als auch Umweltfaktoren eine Rolle spielen.»

Hanna stand auf und gab ihm ein Zeichen, dass sie etwas holen wollte. Mit ihrem Smartphone in der Hand kam sie zurück, setzte sich wieder an den Tisch und gab *autismus.ch* in das Browserfeld ein.

«Autismus wird in der Regel von erfahrenen Fachleuten wie Kinderärzten, Psychologen oder Autismusexperten diagnostiziert», erklärte sie, während sie die Seite überflog, «eine frühe Diagnose und eine frühe Intervention sind entscheidend, um autistische Kinder bestmöglich zu fördern und ihre Entwicklung zu unterstützen.» Sie hatte die gesuchte Stelle gefunden und las ihm vor: «Empathie ist der Schlüssel zur Gestaltung einer erfolgreichen Beziehung zu einem autistischen Menschen. Versuchen Sie, die Welt aus seiner Perspektive zu sehen und seine Bedürfnisse und Gefühle zu verstehen. Autistische Personen bevorzugen oft klare und direkte Kommunikation. Vermeiden Sie Metaphern oder übermässig komplexe Sprache. Seien Sie geduldig und wiederholen Sie Informationen bei Bedarf. Eine grossartige Möglichkeit, eine Verbindung zu autistischen Menschen aufzubauen, besteht darin, gemeinsame Interessen zu entdecken. Autistische Personen haben oft spezielle Interessen, in denen sie sehr engagiert sind. Teilen Sie diese Interessen, wenn möglich, und nehmen Sie sich Zeit, sie zu erkunden. Geduld ist eine Schlüsselkomponente bei der Entwicklung einer Beziehung zu autistischen Personen. Akzeptieren Sie ihre Unterschiede und respektieren Sie ihre Grenzen. Es kann Zeit dauern, Vertrauen aufzubauen, aber die Mühe lohnt sich.»

Sie schob ihm das Smartphone zu. «Du musst herausfinden, wie du mit Collin in Kontakt treten kannst.»

Er überflog den Text noch einmal und dachte nach. «Das ist schwierig. Ich habe ihn nur einmal gesehen und weiss nicht, worüber ich mit ihm reden könnte.»

«Die Kontaktaufnahme mit Collin muss nicht unbedingt über verbale Kommunikation laufen», erklärte Hanna.

«Welche anderen Möglichkeiten habe ich denn?»

«Interessen. Du musst herausfinden, welche Interessen er hat. Frag jemanden, der ihn gut kennt. Seine Schwester zum Beispiel.»

«Die Witwe Göker kannst du vergessen, die redet nur mit mir, wenn ihr Anwalt dabei ist.»

«Er hat noch eine Schwester, wenn ich das richtig verstanden habe.»

Gubler holte sein Buch aus dem Schreibtisch und machte sich eine Notiz.

«Ist dir bei der Befragung nichts aufgefallen, was auf eine Vorliebe von Collin hindeuten könnte? Zeichnungen, Puzzles oder Lego?»

Gubler musste nicht lange überlegen. «Zauberwürfel», kam es wie aus der Pistole geschossen. «In seinem Zimmer standen Zauberwürfel in allen Variationen. Und an der Wand hing ein überdimensionales Bild von ihm und Rafael Göker.» Er versuchte, sich das Bild ins Gedächtnis zu rufen. Er blätterte in seinem Notizbuch, fand aber keinen Eintrag. Plötzlich sah er das Bild vor sich. «Collin hatte einen besonderen Würfel in der Hand. Ich weiss das so genau, weil Jenal noch scherzte, dass er einen einfachen gerade noch lösen könne, und Collin strahlte auf dem Bild mit einem gelösten Spezial-Zauberwürfel in der Hand.»

Er stand auf, ging zu Hanna, zog sie zu sich heran und küsste sie lange und innig.

«Du hast dir ein Glas Wein verdient», scherzte er, nachdem er sie wieder losgelassen hatte.

Hanna sah ihn verschmitzt an und antwortete: «Ich könnte mir etwas Schöneres vorstellen.»

Gubler erwiderte ihren Blick und flüsterte ihr dann ins Ohr: «Nach einem Glas Wein kann ich das immer noch.» Er goss den Rest der Flasche in die Gläser und küsste Hanna noch einmal.

Sie nahm ihm die Gläser aus der Hand. «Mir ist jetzt nicht nach Wein.» Sie zog ihn ins Schlafzimmer.

Gubler lag gedankenverloren neben Hanna, die ihren Kopf auf seine Schulter gelegt hatte. Er überlegte, wie er vorgehen sollte. War Collin das berühmte fehlende Puzzleteil? Wusste dieser etwas, was er bisher niemandem anvertraut hatte? Und wenn ja, wie kam Gubler an ihn heran? Damit hatte er keine Erfahrung.

«Wo bist du mit deinen Gedanken?» Hanna kroch aus dem Bett. Er sah ihr nach, als sie im Bad verschwand. Die angespannte Situation zwischen ihnen hatte sich gelegt, und er merkte erst jetzt, dass Hanna in letzter Zeit viel entspannter war. Er war so in den Fall vertieft, dass alles um ihn herum an Bedeutung verloren hatte. Als Hanna aus dem Bad zurückkam, sah sie die Anspannung in seinen Augen. Sie legte sich zu ihm.

«Manchmal muss man einen Schritt zurücktreten und das Problem aus einer anderen Perspektive betrachten. Vielleicht brauchst du einen neuen Blickwinkel.»

«Danke für den Rat», lächelte Gubler.

«Nein, ich meine es ernst, Alessandro.»

Er überlegte. «Hast du Erfahrung mit Befragungen von behinderten Menschen?»

«Was ist das für eine blöde Frage?», schnauzte sie ihn an. «Ein Autist ist weder dumm noch behindert. Kleiner Gratis-Tipp: Vielleicht solltest du herausfinden, ob Collin einen Beistand hat, und wenn ja, in welcher Form. Ansonsten sehe ich kein Problem darin, ihn zu befragen. Vielleicht muss das in Begleitung einer ihm vertrauten Person geschehen und das lässt sich für eine eventuelle Aufklärung eines Mordfalles sicher arrangieren, oder was meint der Herr Kommissar dazu?» Sie sprang wütend aus dem Bett, zog ihren Bademantel an und verliess das Schlafzimmer. Er hörte, wie sie Wasser aufsetzte, um sich einen Tee zu kochen. Er dachte über ihre Worte nach. Sie hatte recht. Trotz des Arztzeugnisses war es eine Kleinigkeit, bei dringendem Verdacht, dass Collin etwas mit Gökers Tod zu tun hatte, über Enea Cavelti eine Einvernahme bei der Staatsanwaltschaft zu beantragen. Das Problem war nur, dass er es begründen musste. Und für diese Begründung fehlte ihm ein plausibler Grund. Er schlüpfte in seine Unterhose, zog sich ein T-Shirt über und ging zu Hanna in die Küche.

«Ist noch genug Wasser für eine zweite Tasse da?»

Hanna nickte.

«Entschuldige die dumme Frage.»

«Schon gut.»

Er wusste, dass es nicht gut war, aber er beliess es dabei.

Chur – Akteneinsicht

«Ich weiss, es ist ein Eiertanz, aber ich werde das Gefühl nicht los, dass sich ein Gespräch mit Collin lohnen würde.» Enea Cavelti hatte Gubler kein einziges Mal unterbrochen. «Was meinst du, kannst du mir dabei helfen?»

Cavelti antwortete nicht sofort. «Du glaubst also, dass die Witwe Göker weiss, dass ihr Bruder etwas weiss, was mit dem Fall zu tun hat?»

«Ja, etwas, das er nicht sagen will oder vielleicht nicht sagen soll.»

«Und was macht dich so sicher?»

«Ich hatte ein langes Gespräch mit Sarah, der Zwillingsschwester von Frau Göker. Sie hat mir versichert, dass nichts dagegenspricht, Collin zum Tod von Rafael Göker zu befragen.»

Cavelti wollte ihm eine Frage stellen, aber Gubler gab ihm ein Zeichen, dass er noch nicht fertig sei. «Es gibt keinen plausiblen Grund, Collin nicht zu befragen, ausser dem Arztzeugnis, das plötzlich aufgetaucht ist.»

Cavelti nahm das ärztliche Zeugnis zur Hand. Gublers Argumentation leuchtete ihm ein, und er sah durchaus Möglichkeiten, eine Einvernahme anzuordnen. «Wie heisst dein alter Schulfreund, der Anwalt der Witwe, schon wieder?», stichelte er.

«Gian Pitschen Tambur, und er war alles andere als mein Schulfreund», antwortete Gubler gereizt.

«Aber ihr seid zusammen in die Schule gegangen, wenn ich es richtig verstanden habe.» Cavelti hatte Lust bekommen, Gubler ein bisschen zu ärgern.

«Ja, aber nur bis in die sechste Klasse.»

«Und dann, bist du von der Schule geflogen?», witzelte Cavelti weiter.

«Nein, natürlich nicht. Er hat das Gymnasium besucht.» Gubler war genervt. Was sollte diese alberne Fragerei?

Cavelti hatte sich in der Zwischenzeit von seinem Stuhl erhoben und war ans Fenster getreten. Er öffnete es und die kalte, feuchte Luft erfüllte den Raum. Der Regen hatte sich in nasse, grosse Schneeflocken verwandelt. Er überlegte, wann es in Chur in diesem Winter zum letzten Mal geschneit hatte. Noch gar nicht. Der Winter war in diesem Jahr viel zu warm, und die Schneefallgrenze lag seit Längerem weit oberhalb der Kantonshauptstadt. Aber heute schien es, dass sich der Winter doch noch anmeldete. Ein oranger Lastwagen fuhr in den Kreisel und streute Salz auf die Strasse. Cavelti schloss das Fenster und drehte sich wieder Gubler zu.

«Ich bin einverstanden. Ich schaue, was ich machen kann.» Er drückte eine Kurzwahltaste am Telefon und schaltete den Lautsprecher ein. Nach zweimaligem Läuten meldete sich eine weibliche Stimme. Staatsanwalt Degonda sei momentan nicht zu sprechen.

«Würden Sie ihm bitte mitteilen, er solle mich zurückrufen? Danke.» Cavelti legte den Hörer auf. «Eine Bedingung habe ich aber. Eine Vertrauensperson von Collin muss dabei sein.»

«Kein Problem. Danke, Enea.»

«Nun zu deinem zweiten Anliegen.» Cavelti machte ihm ein Zeichen, ihm zu folgen. Sie verliessen das Büro.

«Die Akten zum Todesfall Riccardo Göker liegen im Archiv für dich bereit. Ich habe sie kurz angeschaut. So wie ich das sehe, war es ein Unfall.»

«Kann sein, aber ich möchte die Akten einfach kurz durchgehen.»

Mittlerweile waren sie vor dem Archiv angekommen. Cavelti drückte auf die Klingel. Kurze Zeit später summte das Schloss und sie wurden hereingelassen. Cavelti meldete Gubler bei der verantwortlichen Person an und verabschiedete sich. «Ich melde mich bei dir, sobald ich Neuigkeiten vom Staatsanwalt habe.»

Gubler nickte seinem Chef zu, der die Tür hinter sich zuzog und verschwand.

«Bitte kommen Sie», sagte der Archivmitarbeiter. «Ich habe Ihnen die Akten im Leseraum bereitgestellt. Falls Sie Kopien brauchen, lassen Sie es mich wissen. Ich bitte Sie, Ihr Handy abzugeben, es ist verboten, Fotos von Akten zu machen, Befehl von oben. Aber wenn Sie Kopien brauchen, wie gesagt, kann ich Ihnen helfen. Wenn Sie sonst etwas benötigen, drücken Sie auf dem Telefon die Taste vier, dann sind Sie direkt mit der Zentrale verbunden und können nach mir fragen. Wasser gibt es im Kühlschrank, und Kaffee ist gratis, ich habe die Maschine eingeschaltet. Viel Spass bei der Lektüre und, wie gesagt, falls etwas ist ...»

«... drücke ich die Taste vier», unterbrach Gubler den Redefluss.

«Genau, die Taste vier.» Der Mitarbeiter verabschiedete sich von ihm.

«Noch eine Frage.»

«Bitte, natürlich, nur zu. Habe ich etwas vergessen?»

«An wen soll ich mich wenden, wenn ich die Taste vier gedrückt habe?»

«Ach so, entschuldigen Sie, Kommissar Gubler. Wie gesagt, verlangen sie nach mir, wenn sie ...» Der Archivar sah, dass Gubler ihn grimmig anblickte. Dann fiel der Groschen: «Verlangen sie nach Rolf Wasserfallen.»

Froh, diesen Wasserfallen endlich los zu sein, genoss Gubler die Ruhe im Raum. Seufzend nahm er die spärlichen Akten zur Hand.

Polizeilicher Unfallbericht / Tödlicher Fahrrad-Unfall

Datum: *19. Juli 2022*
Zeit: *zwischen 14:30 Uhr und 16:00 Uhr*
Ort: *Splügenpass, Schweizerseite, Höhe Lengeggbach*
Beteiligte Parteien: *Riccardo Göker, Schweizer Staatsbürger,*
Wohnhaft in 8001 Zürich, geboren am: 16.03.1981

—

Unfallhergang:
Am 19. Juli 2022 gegen 16:00 Uhr fand eine deutsche Motorradgruppe einen leblosen Körper neben dem Lengeggbach. Das Fahrrad, wahrscheinlich gefahren vom Unfallopfer, lag etwa dreissig Meter neben dem Unfallopfer. (siehe Foto A114-B006) Nach Aussagen der Motorradgruppe haben sie den verunfallten nur durch Zufall entdeckt, da ein Motorrad aus der Gruppe einen Defekt hatte und sie an der Fundstelle anhielten.
Folgen des Unfalls:
Der herbeigerufene Notarzt, Dr. Sprecher aus Thusis, konnte nur noch den Tod des Opfers feststellen.
Zeugen:
Erwähnte Motorradgruppe aus Deutschland. (Adressen und Telefonnummern siehe A114-B016)
Schlussfolgerung:
Der Unfall wurde durch einen Fahrfehler von Riccardo Göker verursacht. Zu erwähnen ist, dass das Unfallopfer keine äusseren und inneren Verletzungen hatte. Der Tod wurde wahrscheinlich durch einen Genickbruch hervorgerufen. (Arztbericht A114-B002)

Abschluss:
Der Fall wurde abgeschlossen. Dieser Bericht wurde am 28. August 2022 verfasst.
Verfasser:
Polizeibeamter Roger Streusser, Aussenposten Splügen.

Gubler konnte nicht glauben, was er da gelesen hatte. Dieser Unfallbericht war unbrauchbar. Er nahm sein Notizbuch zur Hand und notierte sich die Telefonnummer des Notarztes, der damals vor Ort gewesen war. Die vom Polizeibeamten Roger Streusser fehlte. Während er weitere Notizen machte, überlegte er, wie er am besten vorgehen sollte. Der Bericht war so lückenhaft und unverständlich, dass er dringend weitere Informationen benötigte. Nachdem er alle Notizen gemacht hatte, drückte er die Taste vier auf dem Telefon. Es dauerte einige Augenblicke, bis jemand abhob.

«Ja, hallo?», meldete sich eine müde Stimme am anderen Ende der Leitung.

«Kommissar Gubler hier», begann er, «können Sie bitte Rolf Wasserfallen zu mir in den Leseraum schicken? Ich brauche ...»

«... Kopien. Geht klar.» Ein dumpfes Knacken verriet Gubler, dass sein Gegenüber aufgelegt hatte. Er ging zur Kaffeemaschine und dachte über den Unfallrapport nach. Er beschloss, zuerst mit dem Notarzt zu sprechen. Den Polizisten Streusser wollte er sich erst zur Brust nehmen, nachdem er mit Cavelti gesprochen hatte. Das leise Summen des Türschlosses kündigte Wasserfallen an.

«Sie brauchen Kopien? Richtig?»

«Richtig. Einmal für mich und einmal für Hauptkommissar Cavelti, wenn es nicht zu viel Aufwand für Sie ist.»

Wasserfallen verstand den Witz nicht und legte schon wieder mit Erklärungen los.

Gubler hatte keine Lust mehr: «Entschuldigung, Rolf. Ich darf doch Rolf zu dir sagen, oder?» Bevor dieser antworten konnte, hatte Gubler bereits die Telefonnummer des Notarztes auf seinem Smartphone gewählt, das in einer Schachtel am Ausgang lag. «Entschuldige, ich muss kurz telefonieren. Gib die Kopien doch bitte am Empfang ab, ich hole sie dort ab. Danke.»

Wenn er etwas nicht ausstehen konnte, waren es übereifrige, ohne Unterbrechung schwatzende Beamte.

«Hallo, wer ist am Telefon?» Gubler bemerkte erst jetzt, dass Dr. Sprecher seinen Anruf entgegengenommen hatte.

«Hier ist Kommissar Gubler von der Kantonspolizei Graubünden. Herr Sprecher?»

«Ja genau. Was kann ich Ihnen Gutes tun?»

«Ich ermittle in einen Todesfall im Engadin und bin dabei auf einen Unfall gestossen, der den Bruder des Opfers betrifft.»

«Und was habe ich damit zu tun?», fragte Sprecher freundlich.

«Sie wurden vor zwei Jahren als Notarzt an die Unfallstelle gerufen.»

Sprecher lachte: «Das passiert mir immer wieder.»

Jetzt musste auch Gubler lachen. «Ja, das hat Ihr Beruf wohl so an sich.»

«Also, Herr Kommissar, Gubler sagten Sie?»

«Ja genau, Gubler. Alessandro Gubler, Sonderermittler, stationiert in Samedan.»

«Also, Herr Gubler. Ihnen ist sicher klar, dass ich Ihnen am Telefon keine Auskunft geben kann, erst recht nicht, wenn ich keine Ahnung habe, um welchen Fall es sich handelt.»

«Glasklar. Ich habe die Akten bei mir und würde, wenn es für Sie passen würde, auf dem Weg Richtung Engadin in Thusis einen Zwischenstopp machen.»

«Wann können Sie hier sein?»

Gubler schaute auf die Uhr. Es war kurz vor halb zwei. «Mein Zug fährt kurz vor fünfzehn Uhr ab Chur, heisst ich bin um ...»

«... halb vier in Thusis. Das passt», antwortete Dr. Sprecher.

«Das freut mich und danke für Ihre Zeit.» Er wollte den Anruf schon wegdrücken, als sich der Notarzt noch einmal meldete.

«Sagen Sie mir, um welchen Fall es sich handelt. So kann ich in meinen Unterlagen nachsehen, ob ich etwas finde.»

«Fahrradunfall auf dem Splügenpass vom 19. Juli 2022.»

«Alles klar. Bis später. Rufen Sie mich an, wenn sie angekommen sind.» Sprecher legte auf.

Gubler wählte die Mobiltelefonnummer von Cavelti. Der Anrufbeantworter meldete sich.

«Ciao Enea. Hier ist Alessandro. Kannst du mir bitte die Koordinaten des Polizisten Roger Streusser schicken? Ich habe sie in den Unterlagen nicht gefunden. Danke nochmals für deine Hilfe.» Er beendete den Anruf und ging zum Empfang, um die kopierten Akten abzuholen.

Kurz vor fünfzehn Uhr bestieg er, mit einem Salamibrot in der Hand, den Schnellzug auf Perron drei Richtung St. Moritz. Gubler wunderte sich, dass das Abteil leer war. Er genoss die Ruhe, die aber leider nur von kurzer Dauer war. Eine Schulklasse von etwa zwanzig Kindern stürmte seine Ruhe-Oase. Die Lehrerin, eine energische Frau, versuchte, die Kinder zu beruhigen und sie auf ihre Plätze zu dirigieren. Es dauerte einige Minuten, bis endlich eine gewisse Ordnung herrschte. Er beobachtete das Geschehen. Die Kinder waren offensichtlich aufgeregt und voller Vorfreude auf ihr Skilager. Er erinnerte sich an seine eigene Schulzeit und an den Ausflug mit der Abschlussklasse in Luzern. Als der Zug schliesslich losfuhr, wurde die Klasse ruhiger. Die Kinder begannen, sich mit ihren Sitznachbarn zu unterhalten, und einige zogen ihre Handys oder Tablets aus ihren Rucksäcken.

«Entschuldigen Sie.» Die Lehrerin holte Gubler aus seiner Träumerei in die Gegenwart. «Sie sind in einem reservierten Abteil. Mich stört das nicht, aber Ruhe werden Sie bis Celerina, wo sich unser Reiseziel befindet, keine haben.»

«Ich fahre nur bis Thusis», winkte er ab. «Das werde ich überleben.»

«Das hoffe ich. Darf ich mich zu Ihnen setzen?»

Gubler, überrumpelt, brachte ein unverständliches «Gerne» über seine Lippen.

Er genoss die kurze Fahrt bis nach Thusis und das Gespräch mit der Lehrerin, die sich als Manuela vorstellte. Er hätte gerne noch länger mit ihr gesprochen. Sie erzählte ihm von ihrer Arbeit als Lehrerin. Er fand es faszinierend, wie leidenschaftlich sie über ihrem Beruf sprach und wie wichtig ihr die Bildung und Entwicklung der jungen Generation war. Er verabschiedete sich von ihr und stieg aus. Auf dem Perron zückte er sein Handy aus der Jacke und rief Dr. Sprecher an.

Das Gespräch mit dem Arzt brachte ihm zunächst keine neuen Erkenntnisse.

Als Sprecher am Unfallort eingetroffen war, konnte er nur noch den Tod des Unfallopfers feststellen. Auch die Obduktion ergab keine Hinweise auf eine Fremdeinwirkung. Die Todesursache war, wie im Polizeirapport erwähnt, Genickbruch. Für den lückenhaften Bericht des Polizisten und wes-

halb dieser erst einen Monat nach dem Unfall verfasst worden war, hatte Sprecher keine Erklärung.

Aber bei der Fotografie des Unfallorts war der Notarzt
stutzig geworden.

Nachricht aus Chur

Mirta Marugg sass, die Beine schwingend, auf Gublers Schreibtisch und folgte seinen Ausführungen.

«Was genau machte Doktor Sprecher stutzig?»

«Der beschriebene Standort des Fahrrads. Im Bericht steht, dass das Fahrrad dreissig Meter neben dem Toten lag, und auf dem Foto ist klar zu sehen, dass es höchstens zwei Meter sind.»

Gubler reichte Mirta das Bild. Nach kurzem Mustern gab sie es ihm zurück. «Die fehlenden achtundzwanzig Meter haben die Todesursache wohl kaum beeinflusst, nehme ich an.»

«Wer weiss.» Er heftete das Foto mit einem Streifen Scotch-Klebeband an die Pinnwand.

«Das verstehe ich jetzt nicht. Ich bitte um Aufklärung.» Mirta breitete theatralisch die Arme aus.

Er setzte sich in seinen Drehstuhl, griff nach Sprechers Bericht, der auf dem Tisch lag, holte mit dem rechten Fuss Schwung und machte eine 360-Grad-Runde auf seinem Stuhl. Als er zum Stillstand kam, reichte er Mirta den persönlichen Bericht des Notarztes, den er «für eigene Zwecke», wie er es nannte, jeweils machte.

«Zieh dir den Punkt *angetroffene Situation beim Eintreffen* rein.» Er musste über seine Ausdruckweise schmunzeln. Die Zusammenarbeit mit den jungen Leuten hatte ihm immer Spass gemacht. Er erinnerte sich gerne an Mia, die seine Nachfolge antrat, als er bei der Stadtpolizei Zürich entlassen wurde. Mirta war aber noch eine Spur kecker als Mia. Ihre jugendliche Unbekümmertheit, gepaart mit der Prise Frechheit und der fröhlichen Ausstrahlung, war ihm äusserst sympathisch. Mirta hatte inzwischen den Abschnitt gelesen. Er bat sie, die Stelle laut vorzulesen. Sie rutschte vom Schreibtisch und tat ihm den Gefallen.

«Der Verunfallte lag auf dem Rücken. Der Körper zeigte talwärts. Es waren keine offenen Wunden zu sehen. Der Verunfallte blutete nicht. Sein Gesichtsausdruck war nicht schmerzverzerrt. Der Helm sass fest verschlossen auf dem Kopf. Die Füsse waren fest mit den Klickpedalen verbunden. Das Fahrrad wies auf den ersten Blick keine Schäden auf.»

Gubler wartete.

«Habe ich etwas ausgelassen?», fragte Mirta.

«Nein, aber etwas übersehen.»

Mirta las den Abschnitt erneut. Lautlos. Sie hob die Schultern, liess sie wieder fallen und streckte Gubler den Bericht hin.

«Ich komme nicht drauf. Hilf mir.»

Er erhob sich vom Drehstuhl, ging zur Pinnwand und nahm das Foto ab. Er gab es ihr.

«Ich zitiere: ‹Die Füsse waren fest mit den Klickpedalen verbunden.›»

Sie starrte auf das Bild und sah, was er meinte. Riccardo Göker lag auf dem Rücken, das Fahrrad zwei Meter neben ihm. «Fest verbunden sieht anders aus.» Er nickte. Sie überlegte: «Du meinst, dass jemand den Verunfallten, nachdem er gefunden und fotografiert worden war, wieder in die Klickpedale gesteckt hatte?»

«Keine Ahnung.»

«Und warum war Streusser allein am Unfallort? Bei einem Einsatz gilt die Zwei-Personen-Regel.»

«Das möchte ich von Streusser selbst erfahren. Laut Protokoll war er auf dem Polizeiposten Splügen stationiert. Ich nehme an, auf dem Aussenposten war er der einzige Polizist und ist sofort losgefahren, als die Meldung reingekommen ist.»

Mirta dachte über Gublers Worte nach. «Das könnte sein. Aber da war doch noch die deutsche Motorradgruppe. Ich kann mir nicht vorstellen, dass die bei Streussers Eintreffen einfach abgefahren sind.»

«Ich auch nicht. Er hat ja auch noch die Personalien aufgenommen.» Er schaute auf die Uhr. «Lust auf einen Kaffee?»

«Immer.»

Sie verliessen das Büro.

Im Migros-Restaurant herrschte die Ruhe vor dem Sturm. Gubler nahm die *Engadiner Post* aus dem Zeitungsständer, der an der Wand befestigt war, und wählte einen Tisch ganz hinten in einer Ecke.

Mirta hatte noch einen Anruf von ihrer Mutter bekommen und stand telefonierend auf der Strasse. Er blätterte sich durch die Lokalzeitung und blieb bei einem Artikel über die Olympischen Winterspiele 2026 hängen. Der Bericht warf die Frage auf, ob der Olympia Bob Run St. Moritz–Celerina für die Bob-, Skeleton- und Rodel-Wettbewerbe ein möglicher Austragungsort sei, da in Italien die nötigen Infrastrukturen nicht rechtzeitig fertiggestellt werden konnten.

«Was gibt es Neues in unserem Tal?»

«Vielleicht gibt es eine dritte Ausgabe der Olympischen Spiele im Engadin.» Er zeigte auf den Bericht. «Alles klar bei dir?»

«Ja, alles paletti. Meine Mutter dreht fast durch wegen der Hochzeit. Sie hat Mühe mit der Gästeliste.»

«Stehen die falschen Leute auf eurer Liste?»

«Nein, aber zu viele. Die Verwandtschaft auf der Seite meiner Mutter ist riesig. Und jetzt weiss sie nicht, wen sie von der Liste streichen soll.»

«Wie viele Gäste sind es denn?»

«Über hundert und das Hotel hat maximal Platz für sechzig.»

Gubler konnte sich das Lachen nicht verkneifen: «Ja dann viel Spass beim Streichen. Vielleicht solltet ihr die Plätze per Los vergeben.»

«Gute Idee. Severin, mein Prinz, hat den Vorschlag gemacht, in zwei Etappen zu heiraten.»

Gublers Telefon vibrierte. Er sah auf das Display. Die Mitteilung von Cavelti hatte den Betreff: *Einvernahme Collin bewilligt*. Er öffnete die Nachricht, um den Inhalt zu lesen.

«Sehr gut», murmelte er vor sich hin.

«Was ist sehr gut?», wollte Mirta wissen.

«Die Staatsanwaltschaft hat der Einvernahme zugestimmt.» Er las ihr den wichtigsten Teil der Nachricht vor.

Die Verfügung der Einvernahme in Sachen Todesfall Göker wird dem Vertreter der Witwe Göker, Rechtsanwalt Gian Pitschen Tambur, per Einschreiben zugestellt. Die Anwesenheit eines Vertrauensarztes wird noch geklärt. Alles Weitere können wir telefonisch klären.

P.S. Polizeiwachmeister Roger Streusser ist im letzten Jahr verstorben. Ich melde mich in dieser Sache morgen bei dir. Gruss Enea.

Im Büro angekommen, setzte sich Gubler an seinen Schreibtisch und griff nach seinem Notizblock. Sein Handy klingelte. Er nahm den Anruf entgegen.

«Gubler.»

«*Ueila* Alessandro. Conradin hier. Ein Gast hat für heute Nachmittag abgesagt. Hast du Lust auf eine Trainingsstunde?»

Gubler schaute aus dem Fenster. Es war leicht bewölkt, aber schön genug, um sich auf den Langlaufski zu bewegen. Nach den anfänglichen Schwierigkeiten und dank der Übungen, die er mit Conradin Casutt absolviert hatte, fand er endlich so etwas wie einen Rhythmus in der Loipe. Das Langlaufen machte ihm mittlerweile richtig Spass, und seine Fitness war auch um einiges besser geworden.

Er überlegte einen Moment und schaute auf die Wanduhr. Es war kurz vor Mittag.

«Wann soll ich wo sein?»

«Halb zwei, Muot Marias.»

«Passt.»

Auf dem Flur wäre er beinahe mit Mirta zusammengestossen, die mit einem schwungvollen Seitensprung ausweichen konnte.

«Dich habe ich gesucht», sagte Gubler und kämpfte kurz um sein Gleichgewicht.

«Und fast getroffen», lachte Mirta.

«Ich bin heute Nachmittag im Homeoffice.»

«Und ich habe frei», jubelte sie.

«Nein. Du hängst dich an Peter Fähnrich, den Architekten aus St. Gallen. Find alles heraus, was für uns interessant sein könnte.»

«Peter Fähnrich?»

Er musste Mirta unbedingt besser informieren. «Peter Fähnrich ist der Geliebte der Witwe Göker. Er war der Innenarchitekt beim Umbau des Hauses. Du findest all seine Unterlagen bei mir auf dem Schreibtisch.»

Er war bereits beim Lift, als ihm noch etwas in den Sinn kam. Er lief zurück. Mirta stand immer noch auf dem Flur und unterhielt sich mit einem Sicherheitsbeamten. Gubler unterbrach die beiden. «Entschuldige, ich habe noch was vergessen. Wenn du mit Fähnrich fertig bist, nimm den Obduk-

tionsbericht unter die Lupe. Vielleicht habe ich etwas übersehen. Ich muss los. Mach's gut.»

«Mach's besser», rief ihm Mirta hinterher und verschwand in seinem Büro.

Dr. Brunner

Es war kurz vor halb zehn, als Gubler die Wohnung betrat. Nach seinem Morgenspaziergang hatte er noch einen Halt im Café Futura gemacht. Das Café galt als heimliche Politstube, wo sich die Stammgäste regelmässig am frühen Morgen trafen, um über aktuelle politische Entwicklungen zu diskutieren. Melzer, ein pensionierter Geschichtslehrer mit einem scharfen Verstand und einer Vorliebe für politische Diskussionen, war einer der Stammgäste des Cafés. Jeden Morgen traf er sich mit Freunden und Bekannten, um die neuesten Schlagzeilen zu besprechen. Heute hatte das Café eine besondere Anziehungskraft, denn es gab Gerüchte über eine wichtige politische Ankündigung, die in den nächsten Tagen erwartet wurde. Die Idee einer grossen Solaranlage auf der Silserebene hatte das Dorf seit Wochen in Aufregung versetzt. Während die Umweltverbände die Idee unterstützen, zeigte sich die Stiftung *Pro Trais Lejs* empört über das Ansinnen des verantwortlichen Energiekonzerns. Einige Einheimische sahen in dem Projekt die Chance, einen bedeutenden Schritt in Richtung erneuerbare Energien zu machen und gleichzeitig die Abhängigkeit von fossilen Brennstoffen zu verringern. Die sachliche Diskussion unter den Anwesenden hatte sich plötzlich in eine lebhafte, laute Debatte verwandelt.

Gubler nahm einen Schluck Kaffee aus seiner Tasse und schaltete das Radio ein. Die Nachrichten waren vorbei, und die Moderatorin sagte das Wetter an. Mit einem Seufzer lehnte er sich in seinem Stuhl zurück.

«Alles in Ordnung?», erkundigte sich Hanna bei ihm.

«Die bevorstehende Einvernahme liegt mir auf dem Magen.»

« Erzähl.»

« Da gibt es nicht viel zu erzählen.»

« Dann gibt es auch nichts, das dich stressen sollte.»

« Das Problem ist nicht Collin.»

« Sondern?»

« Rechtsanwalt Gian Pitschen Tambur.»

Hanna kannte den Rechtsanwalt aus Samedan. Er war kein unangenehmer Mensch, aber sehr bestimmend. « Woher kennt ihr euch?»

« Wir sind zusammen in die Schule gegangen.»

« In der Zwischenzeit seid ihr aber erwachsen geworden. Vielleicht hilft Reden.»

« Mit ihm reden? Nimmst du das Bier mit, wenn du nach München fährst?»

« Ich meine ...»

« Lass uns zur Sache kommen. Was hat Doktor Brunner gesagt?»

« Viel hat er mir nicht erzählt. Du sollst zwischen zehn und halb elf bei ihm sein.»

Gubler schaute auf sein Handy. Er hatte noch eine Stunde Zeit.

Hanna erhob sich und stellte die beiden Tassen in den Geschirrspüler. « Ich gehe nach St. Moritz in den Lidl. Willst du mitfahren?»

Gubler nahm das Angebot an.

Auf dem Weg zum Gesundheitszentrum versuchte er, seine Fragen rund um das Thema Autismus zu sortieren. Hanna hatte ihn über Dr. Brunner aufgeklärt. Er selbst litt auch unter einer leichten Form von Autismus, was ihn aber nicht daran gehindert hatte, Psychologie zu studieren. Mittlerweile war er ein gefragter Dozent, und sein Wissen über Autismus-Spektrum-Störungen war international gefragt.

«Soll ich dich zum Heilbad fahren?»

«Nein, ich gehe noch ein Stück zu Fuss.»

Er stieg bei der Einfahrt zum Lidl-Parkhaus aus und überquerte die Strasse. Bis zum Gesundheitszentrum waren es keine zehn Minuten. Beim Empfang meldete er sich an und wurde von der Lehrtochter ins Besprechungszimmer geführt. Die Wände waren in einem beruhigenden Blau gestrichen, und ein paar Pflanzen auf dem Fenstersims sorgten für eine angenehme Atmosphäre. Das sanfte Summen eines Luftbefeuchters war zu hören. Die Lehrtochter bot ihm ein Glas Wasser an und verliess den Raum. Er zog sein Smartphone aus der Jackentasche und wollte gerade eine Runde *Tetris* spielen, als Dr. Brunner zur Tür hereinkam. Er begrüsste Gubler freundlich und nahm auf dem zweiten braunen Ledersessel Platz.

«Hanna hat mich kurz informiert, um was es geht.» Gubler war froh, dass der Arzt die Führung übernahm: «Autistische Auffälligkeiten können in zwei Hauptgruppen eingeteilt werden. Während sich bei den sozialen Symptomen Schwierigkeiten zum Beispiel mit sozialen Regeln und Konzepten zeigen, fallen bei den nicht sozialen Symptomen eingeschränkte Interessen oder repetitives Verhalten auf.» Während Doktor Brunner weitere Ausführungen rund um Autismus-Spektrum-Störungen machte, notierte Gubler die für ihn wichtigsten Punkte.

«Bei Collin scheint, wie ich verstanden habe, die wiederholende Verhaltensweise ausgeprägt zu sein.»

«Können Sie mir das genauer erklären?»

«Einige Betroffene wiederholen bestimmte Verhaltensweisen immer wieder. Diese sogenannte motorische Stereotypie kann mehr oder weniger stark ausgeprägt sein und hat ganz verschiedene Formen. Einige Betroffene flattern mit ihren

Händen, andere schaukeln mit dem Kopf oder Oberkörper oder drehen Gegenstände in den Händen hin und her.»

Gubler erinnerte sich an den Vorfall im Migros-Restaurant und an Collins Wutausbruch. «Was geschieht, wenn man eine Person von diesen Verhaltensweisen abbringen möchte?»

«Im Idealfall bietet man ihr eine für sie hilfreiche alternative Beschäftigung oder Bewegung an. Zu abruptes Vorgehen kann bei der betroffenen Person zu einer Krise führen.»

Gubler wollte auf den Punkt kommen. Er musste sich eine Strategie ausdenken, wie er mit Collin in einen Austausch treten konnte.

«Haben Sie einen Ratschlag für mich? Wie kann ich mit Collin kommunizieren?»

«Ratschläge sind auch Schläge», lachte Dr. Brunner. «Versuchen Sie herauszufinden, für was sich Collin interessiert. Seien Sie einfühlsam und lassen Sie ihm genügend Zeit, damit eine Vertrauensbasis entsteht.»

Das war genau das, was Gubler nicht hören wollte. Genügend Zeit. Er hatte keine Zeit. Er wollte diesen Fall lösen, und zwar schnell. Es war Ende Februar, und viel Brauchbares hatte er nicht vorzuweisen.

«Und noch etwas, Herr Gubler. Menschen mit Autismus-Spektrum-Störung fällt es generell leichter, wenn eine konkrete Sprache mit möglichst wenig blumigen Ausdrücken verwendet wird.» Brunner stemmte sich aus dem Sessel. Gubler erhob sich ebenfalls. Offenbar war Dr. Brunner fertig mit seinen Erläuterungen.

«Ich muss mich von Ihnen verabschieden. Die Arbeit wartet. Ich hoffe, ich konnte Ihnen ein bisschen weiterhelfen.» Er reichte Gubler die Hand und begleitete ihn zum Haupteingang.

«Grüssen Sie Hanna von mir.»

Gubler bedankte sich bei Brunner, machte sich auf zur Bushaltestelle beim Hallenbad und bestieg den Sechser-Bus. Das Büro wartete auf ihn.

Chalandamarz

Die zusätzliche Trainingseinheit hatte ihm gutgetan. Gegen die Kopfschmerzen hatte er zwischen der ersten und der zweiten Tasse Kaffee ein Dafalgan geschluckt. Es war spät, als er nach Hause gekommen war. Wie spät genau, wusste er nicht, genauso wenig, *wie* er nach Hause gekommen war. Hanna konnte er nicht fragen. Sie war an einer Weiterbildung in Basel und kam erst am Abend zurück. Er suchte sein Handy, das sich mangels Strom einmal mehr verabschiedet hatte, und schloss es an das Ladekabel an. Trotz der allgemeinen Übelkeit, die ein Kater nach einer durchzechten Nacht mit sich brachte, war die Bilanz des gestrigen Abends positiv.

Der Chalandamarz war eine Tradition, die den Winter vertreiben sollte. Der heidnische Brauch versprach, dass die lauten, von Kindern geschwenkten Glocken und *schlupper la geischla* die bösen Geister verjagen würden. Jedes Dorf hatte seine eigenen Regeln und beanspruchte dabei deren allgemein gültige Richtigkeit für sich. In einem Dorf wurden an diesem Tag die Lokalpolitikerinnen oder -politiker neu gewählt oder bestätigt, während in einem anderen Dorf auch den Mädchen erlaubt wurde, am Fest teilzunehmen, was in anderen Dörfern wiederum nicht in Frage kam. Auch Samedan hatte eine besondere Tradition. Am ersten März mutierte das Dorf zur grössten Klassenzusammenkunft der Schweiz. Der Tag im Hauptort des Oberengadins war ein besonderes Ereignis. Viele ehemaligen Schülerinnen und Schüler pilgerten von nah und fern nach Samedan, versammelten sich in den verschiedenen Restaurants und sangen die Chalandamarz-Lieder bis in die frühen Morgenstunden. Gubler war nach seiner Schulzeit nur noch zweimal eigens für diesen Anlass ins Engadin gereist. Anders Marco Pol. Sein Schulfreund hatte noch keinen einzigen Chalandamarz verpasst. Und in all den Jahren, die dieser bei der Stadtpolizei in Zürich gewesen war, hatte er sich für diesen Tag immer freigenommen. Gubler und Marco Pol hatten nach ihrem Gespräch mit Sarah keinen Kontakt mehr gehabt. Das zufällige Aufeinandertreffen war für beide speziell, und die Begrüssung eher frostig. Als sie sich kurz vor Mitternacht an der Bar vom Hotel Padella wiederfanden, fühlte sich die Atmosphäre zwischen ihnen gespannt an, als ob die ungesagten Worte aus ihrem vorherigen Treffen noch in der Luft hingen. Schliesslich brach Marco das Eis. Die Spannung zwischen ihnen wich langsam, und nach dem vierten Braulio umarmten sie sich, als wäre nie etwas zwischen ihnen vorgefallen.

Er schaltete sein Handy ein und trennte es vom Ladekabel. Sieben neue Nachrichten. Eine kam von Conradin, der ihn wieder für ein Training animieren wollte. Gubler passte.

Vier waren von Hanna, die wissen wollte, ob alles in Ordnung sei und weshalb er nicht antworte.

Eine kam von Erwin Spälti mit der Bitte, er solle ihn anrufen, was er ebenfalls auf später verschob, und die letzte kam von Mirta.

Chau Alessandro. Können wir uns am Montagmorgen sofort treffen? Ich habe vielleicht etwas Interessantes gefunden. Schönes Weekend. LG Mirta.

Er wollte nicht bis am Montag warten und wählte Mirtas Nummer. Keine Antwort. Er drückte den Anruf weg, bevor sich der Telefonbeantworter meldete. Ein Vibrieren zeigte eine WhatsApp-Nachricht an.

Ich kann nicht drangehen. Hochzeitsbesprechung beim Pfaffen. Montag reicht. Ist nicht dringend.

Gubler wählte die Nummer von Erwin Spälti.

Der gewünschte Mobilteilnehmer ist zurzeit nicht erreichbar. Sprechen sie nach dem Signalton ...

Er machte sich eine Notiz *Spälti anrufen* und wählte die Nummer von Hanna, die schon nach dem ersten Läuten den Anruf entgegennahm.

«Du lebst noch. Welche Erleichterung.»

«Hallo Liebes. Entschuldige, mein Telefon ...»

«Lass mich raten, dein neues Handy hatte Energieprobleme.»

«Genau.»

«Wie geht es deinem Kopf?»

«Gut, weshalb?»

«Das letzte Telefongespräch mit dir war um halb zwei. Du hast irgendetwas von Versöhnung und Marco Pol ins Telefon gebrüllt.»

Gubler hatte einen Filmriss. «Ja. Marco hatte ziemlich Öl am Hut.»

«Ach?»

«Und ich auch.»

«Und wie geht es Marco? Hat er die Hochzeit fertig geplant?»

«Hochzeit?» Er hatte keine Ahnung, wovon sie sprach. «Ach so, Hochzeit. Er meinte sicher Mirtas Hochzeit, von der ich dir erzählt habe.»

«Nein, er meinte eine andere Hochzeit.»

Gubler hatte sich in eine klassische Sackgasse manövriert. Die einzige Möglichkeit: wenden. «Von einer anderen Hochzeit weiss ich nichts.»

«Schade.»

«Wann bist du in St. Moritz? Ich komme dich holen.»

«Nicht nötig. Ich nehme mein Auto mit, das du in Samedan am Bahnhof abgestellt hast. Ich hoffe, es ist noch da.»

«Natürlich. *S-chüsa.* Habe ich vergessen.»

«Also bis heute Abend. Und ja, ich liebe dich auch.»

Er stand wieder auf der Leitung. «Habe ich etwas verpasst?», fragte er unsicher.

«Schau dir deine WhatsApp von gestern Abend an.» Hanna verabschiedete sich.

Er öffnete die App und begann zu lesen.

«*Merda.*»

Montagmorgen

Es war kurz vor sieben, als Gubler die Wohnung verliess. Die Tage wurden bereits länger. Doch von Frühling war hier im Engadin noch nichts zu spüren. Die Landschaft lag unter einer dreissig Zentimeter dicken Neuschneedecke. Er stieg in seinen Dienstwagen und fuhr los. Auf der Strasse herrschte um diese Zeit dichter Verkehr. Bis zu zwanzig Fahrzeuge mit Grenzgängern aus dem nahegelegenen Chiavenna schlängelten sich langsam Richtung Silvaplana. Für ihn war es unvorstellbar, jeden Morgen den Malojapass hinauf- und abends wieder hinunterzufahren. Gut gelaunt betrat er sein Büro. Sein Computer war noch eingeschaltet, und auf dem Schreibtisch sah es so aus, als hätte er das Büro nur kurz verlassen, um gleich wieder zurückzukommen.

«Guten Morgen, Alessandro.» Mirta Marugg stand mit einem Aktenstapel in der Tür. Gubler winkte sie herein und schloss die Tür.

«Wie war's beim Pfarrer?»

«Irgendwie komisch. Was diesen Gottesvertretern so durch den Kopf geht, will ich lieber nicht wissen. Die stellen Fragen, das kannst du dir gar nicht vorstellen.»

«Und so ein Gespräch ist Standard, bevor man heiraten darf?»

«Bei den Katholiken anscheinend schon.»

«Dann habe ich ja Glück gehabt.»

«Wieso? Willst du heiraten?»

Gubler erkannte seinen Fehler. «Nein», versuchte er sich herauszureden, «die Zunge war schneller als das Gehirn.»

Mirtas Blick wanderte über seinen Schreibtisch. «Und was ist mit dir? Bist du schon so lange hier, oder hast du es am Freitag nicht mehr ins Büro geschafft?»

«Zweiteres.» Er lehnte sich in seinem Stuhl zurück. «Wann habe ich denn das Büro verlassen?»

«Kurz vor halb zehn. Du wolltest den Kindern auf dem Dorfplatz bei den Chalandamarz-Liedern zuhören.»

«Daran kann ich mich noch erinnern.»

«Um sechzehn Uhr hast du dich per Sprachnachricht für den Rest des Tages bei mir abgemeldet.» Mirta legte die Akten auf seinen Schreibtisch. «Und haben sie schön gesungen?»

«Sehr schön. Und lange. Bis in die Morgenstunden.» Er nahm die Akten. «Dann schiess mal los. Ich bin gespannt.»

«Es ist nicht viel.» Sie trat vor die Pinnwand und nahm einen grünen Stift zur Hand. «Peter Fähnrich können wir vergessen. Er hätte vielleicht ein Motiv gehabt, aber sein Alibi ist besser. Als Mörder kommt er definitiv nicht nach Frage.»

Er hörte aufmerksam zu und bedeutete ihr, sie solle weitersprechen.

Mirta setzte sich auf den freien Stuhl Gubler gegenüber. «Er hat seine Schreinerei mit über vierzig Angestellten vor fünf Jahren seinen Söhnen übergeben und sitzt seither im Verwaltungsrat.» Sie zog eine Notiz aus dem Ordner. «Den Auftrag für den Umbau des Hauses in Sils Baselgia hatte Rafael Göker den Söhnen Fähnrichs erteilt. Sie waren seine Weinkunden.»

«Und wie kam der alte Fähnrich ins Spiel?»

Mirta suchte in den Unterlagen nach einem weiteren Zettel. «Er hat eine Wohnung in Sils und wurde gebeten, da er sowieso fast immer im Engadin ist, ein paar Masse für den Umbau zu überprüfen.»

«Was er peinlich genau gemacht hat.»

«Und mehr als einmal.»

Mirta stand auf und heftete ein Blatt an die Pinnwand. Darauf war ein Organigramm gezeichnet. «Fähnrich ist an mehreren Firmen beteiligt und sass zwölf Jahre lang im Kantonsrat.»

«Ein dicker Fisch, wie es scheint.»

«Der aber in den letzten Jahren stark abgenommen hat.»
Ein weiterer Zettel fand seinen Weg von den Akten auf den Schreibtisch.

«Seine Scheidung hat ihn ein Vermögen gekostet, und das gute Verhältnis zu seinen Söhnen hat seit der Scheidung stark gelitten.»

Gubler war fasziniert von der Wortwahl seiner jungen Kollegin. «Und sein Alibi?»

«Wie gesagt, sehr gut.»

Sie reichte ihm die letzte Aktennotiz, die Fähnrich betraf. «Er sass zur Tatzeit, also zur möglichen Todeszeit von Göker, in Untersuchungshaft.»

Gubler wurde stutzig. «In Untersuchungshaft? In welchem Zusammenhang?»

«Veruntreuung.»

Mirta gab ihm einen Zeitungsartikel zum Lesen, den sie ausgedruckt hatte. «Sein Geschäftspartner und er waren zwei Wochen in den ‹Staatsferien›. Er hat sogar Gökers Beerdigung verpasst.»

«Das hat er wohl verkraftet.»

Mirta schloss die Akte Fähnrich. «Und nun zum Obduktionsbericht.»

Gubler unterbrach sie. «Zuerst brauche ich einen Kaffee.»

Sie hatte nichts dagegen. Sie verliessen Gublers Büro und gingen in den überfüllten Aufenthaltsraum. Ein junger Polizist kam auf Gubler zu.

«Guten Morgen, Alessandro. Hast du kurz Zeit für mich?»

Er kannte den Polizisten nicht. Fragend sah er Mirta an. Diese zuckte kaum merklich mit den Schultern.

Gubler sah auf die Uhr und wandte sich an den Polizisten: «Zwischen zehn und halb elf. Geht das?» Er versuchte, seine Verwirrung über die Situation zu verbergen.

Zurück im Büro forderte er Mirta auf, mit ihrer Aussage fortzufahren. Er wollte vermeiden, dass sie das kurze Intermezzo in der Kantine ansprechen würde. Denn er hätte ihr nicht sagen können, was Brülisauer, den Namen hatte er auf dcm Namensschild an dessen Uniform gelesen, von ihm wollte.

Mirta breitete den Obduktionsbericht auf dem Schreibtisch aus:

Gerichtsmedizinischer Bericht

Aktenzeichen: 7500-RG/2024
Untersuchungsstelle: Institut für Rechtsmedizin, Loëstrasse 170, CH-7000 Chur
Untersuchungsleiterin: Dr. med. Donatella Marisa Bentrovato
Betreff: Todesfall, Rafael Göker, wohnhaft gewesen in 7514 Sils Maria
Zusammenfassung der Fakten:
Am 19. 01. 2024 wurde der Leichnam von Rafael Göker, geboren am 15. 03. 1975, gefunden. Der Verstorbene wurde am Olympia Bobrun St. Moritz–Celerina, beim Devils Dyke Corner, auf dem Gemeindegebiet Celerina tot aufgefunden. Der Todeszeitpunkt kann nicht genau bestimmt werden, liegt aber wahrscheinlich zwischen 01:00 und 04:00 Uhr.
Untersuchungsbefunde:
Bei der äusseren Leichenschau wurden ausser einem leichten Bluterguss am rechten Arm infolge eines unsachgemässen

*Einstichs einer Injektionsnadel keine Verletzungen oder An-
zeichen äusserer Gewalteinwirkung festgestellt. Die Einstiche
im Bauchbereich sind auf die Insulintherapie zurückzufüh-
ren. Die Leiche war in einem guten Zustand, jedoch auffällig
abgemagert.*

*Die innere Leichenschau ergab folgende Befunde: Es wurde
keine inneren Verletzungen festgestellt.*

Insulin im Blut:

*Eine Blutanalyse zeigte einen auffällig hohen Insulinspiegel
im Blut des Verstorbenen, der über den therapeutischen Do-
sen lag.*

Toxikologie:

*Eine umfangreiche toxikologische Analyse wurde durchge-
führt. Es wurden keine anderen potenziell toxischen Substan-
zen oder Drogen im Blut oder Gewebe des Verstorbenen
nachgewiesen. Die Untersuchung des Blutalkoholspiegels ergab einen Wert von ca. 2 Promille.*

Rechtsmedizinische Beurteilung:

*Der vorliegende Fall ist rechtsmedizinisch als natürlicher To-
desfall zu bewerten. Es liegen keine Anzeichen für Fremdeinwirkung vor.*

Schlussbemerkungen:

*Die gerichtsmedizinische Untersuchung ergab, dass der Tod
von Rafael Göker nicht zweifelsfrei aufgrund einer schweren
Unterzuckerung eingetreten ist.*

Gubler drehte sich im Bürostuhl zur Pinnwand und starrte
auf die Notizzettel.

«Was haben wir übersehen?» Er erhob sich aus dem
Stuhl und fasste noch einmal zusammen: «Ausser einem
Bluterguss am rechten Arm keine äusseren oder inneren Verletzungen und keine Schürfungen. Einen Sturz können wir
ausschliessen. Der Obduktionsbericht erwähnt eine mögliche

Todesursache: Unterzuckerung.» Er nahm den Obduktionsbericht vom Tisch. «Keine Anzeichen von Erfrierungen.» Er überlegte weiter: «Könnte Göker bereits tot gewesen sein, als er an die Bobbahn gebracht wurde?» Er legte die Akte zur Seite und nahm sich den Bericht der Spurensicherung vor. Er überflog eine Seite nach der anderen, bis er die gesuchte Stelle gefunden hatte. Stichwortartig erwähnte er die für ihn wichtigsten Punkte.

«Der Tote hatte keinen Helm auf. War nicht adäquat gekleidet. Keine verdächtigen Fuss-, oder Fahrzeugspuren in unmittelbarer Nähe.»

Er warf den Bericht auf den Tisch. «*Huara Saich.* Ist Göker vom Himmel gefallen?»

«Vom Himmel sicher nicht, aber dass er an den Fundort gebracht worden ist, steht ausser Frage. Wahrscheinlich bereits tot.»

Das war klar, aber von wem? Wer hatte ihn dort abgelegt? Und warum? «Wer profitierte von Gökers Tod?», murmelte Gubler schliesslich. In seinem Inneren brodelte die Unsicherheit. Es musste eine Verbindung geben, etwas, das sie übersehen hatten. Er suchte nach seinem Notizblock und begann, die einvernommenen Personen zu rekapitulieren und ihre Alibis zu überdenken.

Plötzlich unterbrach Mirta die Stille: «Selbstmord!»

Er runzelte die Stirn. «Selbstmord?», echote er, während er weiter die Liste betrachtete. Es schien so offensichtlich, dass Göker einem Verbrechen zum Opfer gefallen war, doch Mirtas Einwand brachte eine unerwartete Wendung in die Ermittlungen. Er überlegte, wie ein Suizid in diese komplexe Situation passen könnte. Hatte Göker eine dunkle Seite, von der niemand etwas wusste? Gab es Hinweise oder Anzeichen, die auf einen solchen Schritt hindeuteten? Er legte seinen Notizblock beiseite und begann, über diese Möglichkeit nachzudenken. Und obwohl sie jetzt wieder bei null anfangen mussten, spürte er so etwas wie Aufbruchstimmung.

«Wie kommst du auf Selbstmord?»

«Du hast mich darauf gebracht.»

«Ich?»

«Ja. Beziehungsweise alles, was du mir in den letzten Tagen erzählt hast.»

Sie ging zu Gublers Computer. «Darf ich?»

Er hatte nichts dagegen. Mirta loggte sich mit ihrem Account ein und öffnete eine Excel-Datei. Er setzte sich neben sie.

«Ich habe alle Beweise, alle Aussagen der Verdächtigen und deine Erklärungen in verschiedene Kategorien eingeteilt.»

Alle Fotos vom Fundort waren rot nummeriert und jeweils in einem eigenen Kasten mit Anmerkungen versehen. Die Aussagen der Befragten waren in einer eigenen Spalte blau markiert, und die Angaben, die Rafael Göker selbst betrafen, hatten ebenfalls eine eigene Spalte in grüner Farbe.

«Göker war gemäss Obduktionsbericht Diabetiker. Zudem hatte er laut dem Kellner des Cafés in der Brown-Boveri-Fabrik seinen Alkoholkonsum nicht mehr unter Kontrolle. Die finanziellen Sorgen, zusammen mit der Liebesaffäre seiner Frau, könnten ihn doch ohne Weiteres in den Suizid getrieben haben.»

Gubler war baff. «Respekt, Frau Marugg. Gute Arbeit, sehr gute Arbeit!» Er überlegte. «Und du glaubst, dass diese Punkte wirklich ausreichen, um sich das Leben zu nehmen?» Er hatte seine Zweifel, aber er wollte Mirtas Tatendrang nicht bremsen.

Mirta sammelte die losen Blätter des Obduktionsberichts zusammen und deutete auf die Wanduhr. «Dein Termin mit dem jungen Polizisten steht an. Ich schaue mir die Akten nochmal genauer an.»

Kaum hatte sie das Büro verlassen, griff Gubler zum Telefon und wählte die Nummer von Marco Pol. «Komm schon, geh ran.» Er sass nervös an seinem Schreibtisch und klopfte mit dem Bleistift auf den Tisch. Endlich wurde auf der anderen Seite abgenommen. Er liess Pol gar nicht erst zu Wort kommen: «Marco, ich brauche sofort deine Hilfe.»

«Was ist los, Alessandro? Stress mit Hanna?»

«Ja, das auch, aber es geht um etwas Wichtigeres.»

«Was ist passiert?»

«Weisst du, wie ich Samstagfrüh nach dem Chalandamarz nach Hause gekommen bin?»

Pol brach in schallendes Gelächter aus. «Natürlich weiss ich das. Während wir vor dem Hotel Terminus auf ein Taxi warteten, fuhr eine Polizeistreife vorbei. Du hast dich mitten auf die Strasse gestellt und das Auto angehalten.»

Gubler starrte aus dem Fenster, während die Erinnerungen langsam in sein Bewusstsein zurückkehrten. Plötzlich spielte sich die ganze Szene vor seinen Augen ab. Er erinnerte sich, wie er auf der Strasse stand, die Hand von sich gestreckt, um das herannahende Polizeiauto zu stoppen. Das Licht blendete ihn, und er hörte das Quietschen der Reifen auf der schwarzgeräumten Strasse, als der Wagen abrupt zum Stehen kam.

«Hör zu, ich muss Schluss machen. Ich erklär dir alles ein andermal. *Sto bain.*» Er beendete das Gespräch mit Marco.

Es klopfte an der Tür.

«*Avanti.*»

Brülisauer betrat das Büro. Gubler bedeutete ihm, sich zu setzen.

«Nein danke. Ich stehe lieber.»

«Ich möchte mich in aller Form bei Ihnen entschuldigen.»

Er reichte Brülisauer die Hand. «Alessandro.»

«Romano.»

«Ich weiss nicht, was mich geritten hat, und ich wäre dir dankbar, wenn dieser Zwischenfall unter uns bliebe.»

Romano wechselte nervös von einem Fuss auf den anderen, während er nach Worten suchte. «Das würde ich ja gerne. Nur wissen wir, meine Streifenkollegin und ich, nicht, wie wir die Taxifahrt von Samedan nach Sils rapportieren sollen. Jenal reisst uns den Kopf ab, wenn er erfährt, dass wir dich nach Hause gefahren haben.»

Gubler war erleichtert. «Macht euch keine Sorgen wegen Jenal. Ich habe eine Idee, wie *wir* die ‹Taxifahrt› nach Sils diskret lösen können.»

Brülisauer atmete erleichtert auf. «Das wäre wirklich super, Alessandro. Wir wollen keine Probleme mit Jenal bekommen.»

Gubler erhob sich und begleitete ihn zur Tür. Dort zückte Romano eine Fünfziger-Note aus der Tasche und streckte sie Gubler entgegen.

«Die würde ich dir gerne zurückgeben. Ich wollte sie schon am Samstag nicht annehmen, aber du hast lautstark darauf bestanden.»

Gubler nahm den Schein, steckte ihn sich in die Tasche. «Wie sieht dein Tagesplan aus heute?», wollte er von Romano wissen.

«Ich habe bis vierzehn Uhr Pause.»

«Und deine Kollegin?»

«Sie auch. Wir sind zusammen eingeteilt.»

«Ihr seid zum Mittagessen eingeladen. Ich warte um zwölf in der Tiefgarage. Das Taxi übernehme ich», scherzte Gubler, froh, dieses Problem vom Tisch zu haben.

Kaum hatte Brülisauer das Büro verlassen, griff Gubler zum Telefon und wählte die Nummer von Jenal, der früher als erwartet wieder arbeiten konnte.

«*Chau* Mauro. Hast du kurz Zeit für mich?»

«Kurz ja. Ich muss nach Chur.»

«Ich komme sofort.»

Gubler legte auf und hetzte aus dem Büro.

Wieder zurück in seinem Büro schaute er sich die Pendenzenliste an. Obwohl er nur mit einer einfachen Verwarnung von Jenal davongekommen war, war er erleichtert, dass dessen Aufenthalt im Engadin nicht mehr lange dauern würde. Er hatte von Anfang an gespürt, dass die Chemie zwischen ihnen nicht stimmte. Es war kurz vor Mittag. Er nahm sein Smartphone und sah, dass Erwin Spälti ihn schon zweimal angerufen hatte. Nach dreimal Läuten nahm Spälti ab.

«Hallo, Alessandro. Ich habe nicht viel Zeit. Wir sind mitten in der Vorbereitung zum letzten Rennen», sagte Spälti atemlos.

«Kein Problem. Ich will dich nicht lange aufhalten. Aber ich habe gesehen, dass du mich gesucht hast.»

«Ja. Ich wollte ... entschuldige kurz.» Gubler hörte, wie Spälti etwas zu einem Mitarbeiter sagte, konnte aber nicht verstehen, um was es sich handelte. «Sorry, heute herrscht nur Chaos. Wo sind wir stehen geblieben?»

«Keine Ahnung. Du hast nichts gesagt, ausser: ‹Ich wollte ...›»

«Genau, ich wollte dich fragen, ob du Lust hast, am *Polenta Race* teilzunehmen.» Wieder rief der Betriebsleiter jemandem etwas zu. Gubler konnte aus dem Gespräch erfahren, dass ein Fahrzeug den Weg für den Schneepflug versperrt hatte. «Alessandro, ich muss los. Komm heute Nachmittag an die Bobbahn. Dann habe ich Zeit für dich. Danke und entschuldige.» Die Verbindung brach ab.

Gubler konnte sich unter dem Polenta Race nichts vorstellen. Er nahm seine Winterjacke vom Stuhl und verliess das Büro. Auf dem Flur traf er auf Mirta.

«Ich wollte gerade zu dir. Aber wie ich sehe, gehst du.»

«Ja, ich gehe Mittagessen.» Am Ausgang drehte er sich nochmal zu ihr um:

«Kannst du noch etwas klären, bis ich wieder zurück bin?»

«Natürlich.»

«Kannst du bitte herausfinden, was das Polenta Race auf dem Olympia Bob Run ist?»

«Das muss ich nicht klären, das weiss ich.»

Sie begann, die Einzelheiten des Rennens zu erläutern: «Das Polenta-Rennen ist jedes Jahr der Abschluss an der Bobbahn. Bei diesem Rennen kann jeder, der sich traut, mit einem alten Schlitten die Bahn hinunterfahren. Viele kommen an diesem Tag verkleidet, und es gibt nach dem Rennen – daher der Name – Polenta für alle.»

Ihr wurde übel. Schon wieder. Die Hand fest auf den Mund gepresst, rannte sie zur Toilette.

Zauberwürfel II

Mirta schaute auf die Uhr. Gubler hatte bereits eine Viertelstunde Verspätung. Sie nahm ihr Handy aus der Jackentasche
und schrieb ihm eine Nachricht.

Warte im Restaurant am Start der Bobbahn.

Das Restaurant im Gebäude des Startturms war mit allen
möglichen Bob-Sujets dekoriert. An den Wänden hingen ge-
zeichnete Porträts von ehemaligen Clubpräsidenten des
St. Moritzer Bobsleigh Club. Unzählige Pokale und Ehrenta-
feln erinnerten an die lange Tradition dieses Sports. Den Porträts gegenüber hingen alte Fotografien von wagemutigen
Engländern, die den Bobsport vor über hundert Jahren in
St. Moritz ins Leben gerufen hatten. Mirta setzte sich an die
runde Bar und bestellte sich einen Cappuccino. Vom Barho-
cker aus konnte sie gerade noch einen Teil der Startstrecke
sehen. Der intensive Schneefall hatte eine kurze Pause einge-
legt, und die Bahnarbeiter versuchten mit allen Mitteln, die
weisse Pracht aus der Startbahn zu schaffen. Der Schnee hatte
den Zeitplan komplett durcheinandergebracht.

Der Speaker rief die nächste Mannschaft in die Startbox
und gab die Bahn frei. Die Ampel, die an der rechten Seite
der Startstrecke angebracht war, wechselte auf Grün, und eine
Countdown-Anzeige begann, dreissig Sekunden herunterzu-
zählen. Der Steuermann drehte sich zu seinen Mannschafts-
kollegen um, schrie ihnen etwas zu und stellte sich in gebück-
ter Haltung hinter den Stossbügel. Ein lautes «vorne gut»
unterbrach die Konzentrationsphase des Teams. Wie aus der
Kanone geschossen brachten sie das Sportgerät in Fahrt.
Während Mirta fasziniert diesen muskelbepackten Gladiato-
ren zuschaute, vibrierte ihr Smartphone.

Ich bin gleich da. Schneechaos auf den Strassen. S-chüsa.

Sie bestellte sich einen weiteren Cappuccino und verfolgte die Fahrt auf einem Bildschirm, der an der Wand hing. In horrendem Tempo fuhr der Viererbob auf die *Horse Shoe*-Kurve zu, wobei er auf der Geraden links und rechts an die Eismauern schlug. Der Steuermann versuchte, das Gefährt wieder in die direkte Falllinie zu bringen, was ihm nur bedingt gelang. Der Bob fuhr in die 180-Grad-Kurve ein und schlug oben an der Holzverkleidung an, was den Piloten dazu brachte, eine starke Lenkbewegung zu machen. Im letzten Moment konnte er einen Sturz vermeiden.

«Das war knapp.»

Sie schaute sich nach der vertrauten Stimme um. Gubler setzte sich zu ihr an die Bar und bestellte sich einen Espresso.

«Entschuldige die Verspätung. In der Innschlucht gab es einen Verkehrsunfall.»

«Schlimm?»

«Nein, nur Blechschaden.»

Er zeigte auf den Bildschirm. Der Bob fuhr gerade unter der Bridge hindurch. «Jetzt noch die Zielkurve, die mit über hundertdreissig Stundenkilometern durchfahren wird, und dann sind sie im Ziel.»

Mirta schaute ihn beeindruckt an. «Experte, wie es scheint.»

Gubler musste lachen: «Nein, überhaupt nicht. Alles, was ich über diesen Sport weiss, hat mir Erwin Spälti erzählt.»

Der Kellner brachte den Espresso, während sie einen weiteren Bob auf dem Bildschirm verfolgten.

«Jetzt musst du schauen.» Gubler näherte sich dem Fernseher und fuhr mit dem Zeigefinger die Fahrstrecke nach. «In der nächsten Kurve wurde Göker gefunden.»

Für Mirta ging das zu schnell. Gubler sah, dass sie mit seiner Information nichts anfangen konnte. Er machte dem

Kellner ein Zeichen, dass er bezahlen wolle. Sein Handy klingelte. Er nahm Spältis Anruf entgegen.

«Wir sind gleich bei dir, Erwin.»

Er zahlte die beiden Cappuccinos und den Espresso.

«Erwin Spälti wartet unten auf uns. Wir fahren mit ihm zur Unfallstelle.»

«Fundstelle», präzisierte sie.

«Richtig, an die Fundstelle.»

Sie verliessen das Restaurant.

«Hast du im Obduktionsbericht etwas Neues gefunden?», wollte Gubler wissen.

«Ja, ich bin auf etwas gestossen, das sich lohnt, weiterverfolgt zu werden.»

«Lass hören.»

«Ich glaube, wir sollten der ...» Weiter kam sie nicht. Erwin Spälti rief nach ihnen. Mirta und Erwin gaben sich zur Begrüssung die Hand. Sie folgten ihm, der pausenlos am Telefon hing, zu einem BMW-SUV und stiegen ein. Erwin fuhr los und legte sein Handy auf das Armaturenbrett.

«Heute ist es zum Verrücktwerden. Dieser Schnee, hätten wir ...» Erneut klingelte es. Er nahm den Anruf entgegen. Eine defekte Strassenbarriere in Celerina blockierte den ganzen Verkehr. Gubler staunte über Spältis Gelassenheit. Er fragte sich, was diesen Mann aus der Fassung bringen konnte. Spälti legte das Handy wieder zurück aufs Armaturenbrett.

«Ich lass euch beim *Telephone Corner* raus. Ich muss das Barrieren-Problem lösen.» Er hielt an, und Mirta und Gubler verliessen das Fahrzeug.

«Ruft mich an, wenn ihr wieder an den Start wollt. Ich komm euch holen.»

«Danke. Aber wir gehen zu Fuss zurück.»

Spälti hielt den Daumen in die Höhe und fuhr davon.

Auf dem Weg zum *Devils Dyke Corner* kam ihnen eine Schulklasse entgegen. Die Kinder hatten sichtlich Spass am Schneetreiben und warfen sich lachend Schneebälle zu. Es war schön, zu sehen, wie sie die winterliche Pracht in vollen Zügen auskosteten und sich von der Kälte und dem Schnee nicht abschrecken liessen. Nachdem die Schulklasse an ihnen vorbeigezogen war, setzten sie ihren Weg fort. Gubler, von der fröhlichen Stimmung der Kinder angesteckt, formte aus dem nassen Neuschnee einen Schneeball und warf ihn der Schulklasse hinterher. Die Kinder jubelten, als sein Schneeball durch die Luft flog und zufällig den Lehrer traf. Ein fröhliches Gelächter brach aus, und bald entwickelte sich eine regelrechte Schneeballschlacht zwischen Gubler und den Kindern. Die Freude und das Lachen steckten ihn an, und er genoss diesen unbeschwerten Moment im Schnee. Ein vorbeirasender Bob unterbrach das bunte Treiben. Gubler winkte der Schulklasse zu und entschuldigte sich beim Lehrer.

Mirta war unterdessen weitergegangen und stand kurz vor dem *Devils Dyke*. Sie musste warten: Ein Mitarbeiter der Bobbahn war mit einer kleinen Schneeschleuder beschäftigt, den Fussweg vom Neuschnee zu befreien. Das Schneetreiben war mittlerweile der Sonne gewichen. Der schnelle Wetterumschwung in diesem wunderschönen Bergtal faszinierte Gubler immer wieder.

Sie wurden durch einen lauten Knall, gefolgt von italienischen Fluchwörtern, aus ihren Gedanken gerissen. Der Mitarbeiter stellte den Motor ab und ging um die Maschine herum. Mit einem weiteren « *Porca miseria* » entfernte er das mit Klammern an der Schneeschleuder befestigte Plastikwerkzeug und begann, den Fremdkörper zu entfernen, der zum Stillstand der Maschine geführt hatte. Während er sich bemühte, die Schneeschleuder wieder zum Laufen zu bringen, bemerkte er die beiden, die neugierig neben ihm standen und das Geschehen beobachteten. Nach weiteren Fluchtiraden hatte er es geschafft. Er präsentierte den beiden das Corpus Delicti.

«È incredibile ciò che viene lasciato o perso su questa pista da bob.» Er warf das Teil achtlos in den Schnee und setzte seine Arbeit fort.

Gubler und Mirta starrten sich an. Sie erkannten den Gegenstand sofort: ein 5×5-Zauberwürfel.

Es war kurz vor siebzehn Uhr, als Gubler und Mirta wieder im Büro in Samedan eintrafen. Mirta machte sich sofort an die Spurensicherung. Gubler war sich sicher, dass sich Collins Fingerabdrücke auf dem Würfel befanden. Er verschwand in seinem Büro und wählte die Nummer von Enea Cavelti. Für ihn war klar, dass Collin sofort befragt oder zumindest ein Fingerabdruckvergleich angeordnet werden musste. Auf der anderen Seite meldete sich der Anrufbeantworter. Gubler legte auf.

«Huara Saich.» Er wollte gerade das Büro verlassen, um zu sehen, was Mirta herausgefunden hatte, als ihm eine Idee kam. Er nahm sein Handy und wählte Marco Pols Nummer. Da klingelte sein Telefon auf dem Schreibtisch. Er erkannte Caveltis Nummer. Er nahm den Hörer ab. «Enea, ich rufe dich in fünf Minuten zurück.» Er legte auf. Am Handy hatte sich inzwischen Marco Pol gemeldet.

«Chau Marco. Alessandro hier. *Am poust tü fer ün plaschair?»*[19] Er erklärte Pol, worum es ging, und verabschiedete sich von ihm. «Ich melde mich später wieder.»

Er rief erneut Cavelti an, der sich nach dem ersten Läuten meldete.

Gubler erzählte ihm im Schnelldurchlauf, was passiert war.

«Und du glaubst, dass der Zauberwürfel, den ihr gefunden habt, Collin gehört?»

«Ich bin mir ganz sicher. Ich habe den Würfel in seinem Zimmer gesehen, als ich seine Schwester, die Witwe Göker, befragt habe.»

«Woher weisst du, dass es genau dieser Würfel ist? Solche Würfel gibt es, nehme ich an, zu Tausenden.»

«Enea, das ist kein gewöhnlicher Würfel. Es ist einer der schwierigsten Würfel überhaupt. Die 5×5-Version erlaubt 283 Sextilliarden Kombinationen.»

Cavelti hatte keine Ahnung, wovon er sprach.

«Enea, bist du noch da?»

«Ja, aber was willst du von mir?»

Gubler überlegte. Sollte er Cavelti sagen, worum er Pol gebeten hatte? Würde es einen Unterschied machen, wenn sein Chef wüsste, was er vorhatte? Er liess es sein.

«Ich brauche sofort einen Haftbefehl für Collin. Er ist der Hauptverdächtige.» Er wusste, dass Cavelti keinen Haftbefehl erlassen konnte und seine Idee auf wackligen Füssen stand, aber er musste alles versuchen.

«Alessandro, finde erst einmal heraus, ob der gefundene Würfel wirklich Collin gehört. Wenn ja, ruf mich an, und dann sehen wir weiter.» Cavelti verabschiedete sich.

Gubler verliess das Büro und ging zu Mirta in die Spurensicherung, die sich im Untergeschoss befand.

«Wir haben zwei verschiedene Fingerabdrücke auf dem Würfel gefunden. Der eine stammt wahrscheinlich von dem Arbeiter, der den Würfel in der Hand hielt, als er ihn aus der Schneeschleuder nahm. Ich habe einen Polizisten losgeschickt, um eine Probe seiner Fingerabdrücke zu nehmen.»

Gubler lauschte gespannt ihren Ausführungen, während er den Würfel betrachtete. War dieses unscheinbare Stück Plastik die Lösung des Falles? Er schaute auf sein Telefon. Nichts. Marco Pol hatte sich noch nicht gemeldet.

Er erzählte Mirta, um welchen Gefallen er Pol gebeten hatte und dass er hoffe, bald eine Antwort aus Zürich zu erhalten.

Sie sah ihn an. «Du alter Fuchs.» Erschrocken über ihre Aussage, wollte sie sich sofort entschuldigen.

Er bemerkte ihre Verlegenheit. «Danke für das Kompliment. Warten wir ab, was Marco erreichen kann. Wenn alles gut geht, haben wir bald Gewissheit, wem der Würfel gehört. Auch wenn ich mir jetzt schon sicher bin, dass ich den Besitzer kenne.»

Zuckererkrankung

Der Schlaf hatte ihm gutgetan. Gubler spürte, dass der gestrige Tag sehr wichtig gewesen war, um in diesem Fall voranzukommen. Noch von zu Hause aus rief er Mirta an, um sich für den Vormittag abzumelden. Er hatte sich vorgenommen, eine zusätzliche Stunde bei Conradin zu buchen, falls dieser Zeit hätte, und wenn nicht, wollte er mit den Langlaufski allein über den Silsersee nach Maloja laufen.

«Guten Morgen, Alessandro. Gut geschlafen?» Ihre Stimme klang aufgeregt.

«Ja. Und bei dir alles klar?»

«Nein.»

«Was ist los?»

«Stress mit meiner Mutter. Diese Hochzeit geht mir langsam auf die Nerven. Ich bin froh, wenn alles vorbei ist.»

Er musste schmunzeln. «Tja, wie sagt man so schön? Prüfe, wer sich ewig bindet.»

«Das ist nicht das Problem, Gubler. Ich habe die richtige Wahl getroffen, da bin ich mir ganz sicher. Das Problem ist die Vorbereitung. Zehn Leute, zweihundert Ideen. Aber lassen wir das. Wann kommst du ins Büro?»

Er schaute auf die Uhr. «Ich denke, in zwei Stunden bin ich da.» Er hatte es sich anders überlegt und wollte nur eine kurze Runde drehen.

«Dann bis später.»

Mirta wollte schon auflegen, als er noch eine Frage stellte: «Du wolltest mir doch gestern noch etwas über den Obduktionsbericht erzählen. Das ist irgendwie untergegangen.»

«Ja. Ich habe etwas gefunden, von dem ich glaube, dass wir es uns genauer ansehen sollten. Aber jetzt muss ich dich rausschmeissen. Ich muss zum Monatsrapport. Jenal wird durchdrehen, wenn ich nicht rechtzeitig da bin.»

Den Monatsrapport hatte Gubler ganz vergessen. « *Huara merda*. Das habe ich verschwitzt. Kannst du mich bei ihm abmelden?»

Mirta musste lachen: « Ich glaube nicht, dass Jenal deine Anwesenheit erwartet.»

«Kann sein. Aber entschuldige mich trotzdem. Es macht einen guten Eindruck.»

«Du wirst einen guten Eindruck machen, wenn du heute Abend zu seinem Abschiedsapéro kommst.»

« *Cha schmaladia saia.*»[20]

«Sag nicht, du kannst nicht kommen.»

«Unmöglich, Mirta. Heute Abend ist die Informationsveranstaltung zum geplanten Eventpark. Wenn ich da nicht hingehe, ist *fumo in casa*.»

«Ja, dann würde ich auch dem Apéro fernbleiben.»

«Ich bin in einer Stunde im Büro.»

Er änderte seinen Plan ein zweites Mal. Er drückte den Anruf weg und wählte Jenals Nummer.

«Gubler. Willst du dich für den Monatsrapport entschuldigen?»

«Ja, für den Rapport auch. Aber vor allem kann ich heute Abend nicht dabei sein und ich wollte dich fragen, ob du mit mir zum Mittagessen kommst. Ich würde dich gerne einladen.»

Flucht nach vorne war die beste Verteidigung.

«Schade.»

Gubler rechnete bereits damit, dass Jenal das Mittagessen absagen würde.

«Aber ich nehme deine Einladung gerne an. Man sollte die Dinge so beenden, wie man sie begonnen hat.»

«Danke Mauro. Um zwölf im *Murezzan*. Ich werde einen Tisch reservieren.»

«In Ordnung. Aber der Aperitif geht auf meine Rechnung.»

«Akzeptiert.»

Er war froh, dass Jenal nicht nachtragend war. Eigentlich hatte er recht. Es hatte gut angefangen. Vielleicht war es auch seine Schuld, dass es zwischen ihnen nicht funktioniert hatte. Aber dieser Fall nervte ihn. Und die Umstände, dass auch sein Freund Marco involviert war, liessen ihn nicht immer objektiv sein.

Er ging ins Bad und stellte sich unter die Dusche. Der Sport war für heute vorbei, bevor er begonnen hatte. Frisch geduscht und froh, das Jenal-Problem gelöst zu haben, machte er sich auf den Weg ins Büro.

Auf der Fahrt nach Samedan rief er Hanna an. Sie war gestern Abend nach Chur gefahren, zu einer «Zukunftssitzung», wie sie es genannt hatte. Sie meldete sich nicht. Er sah auf die Uhr. Es war kurz vor zehn. Entweder schlief sie noch oder sie war schon in die Stadt gefahren, um sich in den Kleiderläden auszutoben. Er liess die vergangenen Wochen Revue passieren. Die Anspannung zwischen ihnen hatte sich gelöst. Er freute sich auf den kommenden Sommer, auf die gemeinsame Zeit auf der Alp Muot Selvas zuhinterst in der Val Fex. Eine Sache lag ihm seit dem Chalandamarz aber noch auf dem Magen. Die WhatsApp-Kommunikation zwischen ihnen. Das heisst: vor allem seine Nachrichten an Hanna. Und die letzte hatte es in sich gehabt. Sie war die Krönung.

Wärst Du gerne verheiratet?

Hanna hatte mit einer Gegenfrage geantwortet.

Ist das ein Antrag?

Gubler hatte darauf nicht mehr geantwortet. Warum, wusste er nicht mehr. Eigentlich wusste er gar nichts mehr von diesem Abend. Die Hochzeitsfrage beschäftigte ihn mehr, als er sich eingestehen wollte, und er versuchte, dem Thema so gut wie möglich aus dem Weg zu gehen, was nicht einfach war, seit Mirta ihn und Hanna zu ihrer Hochzeit eingeladen hatte. Irgendwie musste er dieses Problem lösen.

«Am einfachsten ist es, ja zu sagen», riet ihm Marco, der an diesem Abend mehr gehört hatte, als Gubler lieb war. Er dachte über Pols Worte nach, als sich sein Handy meldete. Es war Hanna. Er drückte auf die Annahmetaste am Lenkrad.

«*Bun di chera.* Gut geschlafen? Gutes Meeting gehabt? Schon Geld ausgegeben?»

Hanna lachte. «Zu viele Fragen auf einmal, aber ja. Ich kann dreimal mit ja antworten. Guten Morgen, mein Schatz.» Sie fasste die gestrige Besprechung kurz zusammen. «Details folgen, wenn ich wieder zu Hause bin.»

«Sehr gut. Ich freue mich.»

«In Ordnung. Dann bis heute Mittag.»

«Mittag?» Ihm war vollkommen entfallen, dass er ihr angeboten hatte, sie in Samedan abzuholen und mit ihr zu Mittag zu essen. «Leider muss ich das Mittagessen kurzfristig absagen. Wir haben am Mittag eine wichtige Besprechung mit Jenal. Es geht um den Fall Göker und Collins Einvernahme», log er.

«Gubler, du stolperst nicht über Berge, sondern über Maulwurfshügel», schimpfte er mit sich selbst. Er musste unbedingt wieder Struktur in sein Leben bringen.

Mit einem Kaffee in der Hand ging er zu Mirtas verwaistem Arbeitsplatz. Er nahm einen Zettel, der auf dem Schreibtisch lag, und hinterliess ihr eine Notiz.

Bin im Büro. Du kannst kommen, sobald du bei Jenal fertig bist.

Er malte ein Smiley hinter die Nachricht.

Im Büro angekommen, schaltete er seinen Computer ein und öffnete sein E-Mail-Postfach. Er überflog die neuen Mails. Die meisten waren nur interne Informationen, die ihn nicht interessierten und die er deshalb sofort löschte, ohne sie zu lesen. Er wusste natürlich, dass ihm auf diese Weise wichtige Informationen entgingen, aber er stellte sich auf den Standpunkt: Wenn es wichtig ist, dann schreiben sie mir noch einmal oder sie informieren mich persönlich. Er war sich seiner Schwäche bewusst und nahm sich zum hundertsten Mal vor, es ab morgen anders zu machen.

In seiner Löscheuphorie hätte er beinahe auch die Nachricht von Marco Pol in den Papierkorb befördert: *Chau Alessandro. Tia supposiziun d'eira güsta. Sarah ho dapü cu be ün ‹Zauberwürfel› a chesa. Eau d'he clappo ün, e l'he purto tar la sgüreda d'indizis da la pulizia da cited da Turich. Dalum ch'eau d'he üna resposta m'annunzchi tar te. Bel di, Marco.*

«Bingo!»

«Was hast du gewonnen?» Mirta stand im Türrahmen.

Er winkte sie herein.

«Setz dich.»

Er druckte Pols E-Mail aus und legte sie vor Mirta auf den Tisch. Sie versuchte, die Nachricht zu lesen. Dann gab sie auf.

«Sorry. Ich bin in St. Moritz zur Schule gegangen. Romanisch ist für mich leider eine Fremdsprache.»

Er nahm das Blatt und las ihr das Wichtigste vor: «Deine Vermutung war richtig. Sarah hat mehrere Zauberwürfel bei sich zu Hause. Ich habe einen von ihr bekommen und zur Spurensicherung der Stadtpolizei Zürich gebracht. Sobald ich eine Antwort habe, melde ich mich bei dir.»

«Bingo!»

«Habe ich doch gesagt.»

«Und was machen wir, wenn wir sicher sind, dass der Zauberwürfel Collin gehört?»

«Dann müssen wir herausfinden, wie dieser Würfel an die Bobbahn gekommen ist. So einfach ist das.»

«So einfach?»

«Ja. Ganz leicht wird es allerdings nicht. Ich habe mich darüber mit einem Arzt der Stiftung Autismus Schweiz unterhalten. Es könnte schwierig werden, mit Collin ins Gespräch zu kommen.» Er erzählte ihr, was er vom Arzt erfahren hatte. «Die grösste Herausforderung wird sein, dass Collin, wenn er Rafael Göker etwas versprochen hat, sich auch daran halten wird. Autisten sind loyal, und was versprochen ist, ist versprochen.»

«Und das ärztliche Attest?»

«Keine Sorge, Cavelti regelt das.»

Er erhob sich und ging zur Pinnwand. Er nahm den Zettel mit Collins Namen darauf und klebte ihn in die Mitte der Wand. Er wandte sich wieder Mirta zu. «Aber jetzt zum Obduktionsbericht. Was hast du herausgefunden, was ich übersehen haben könnte?»

«Nichts. Du hast nichts übersehen. Ich habe nur gesagt, dass mir etwas aufgefallen ist, das es wert sein könnte, weiterverfolgt zu werden.»

«Lass hören.» Seine Neugier war geweckt.

«Vielleicht erinnerst du dich, dass wir über die Möglichkeit eines Suizids gesprochen haben.»

«Ich weiss.» Gubler machte eine Denkpause. «Ich erinnere mich aber auch daran, dass ich Zweifel an dieser Theorie hatte, weil mir das Motiv für einen Selbstmord nicht ausreichend erscheint.»

Mirta holte tief Luft. «Alessandro, denk nach! Göker hatte grosse Geldsorgen, die Geschäfte liefen schlecht, er hatte

Betrugsvorwürfe am Hals, dazu krumme Kreditgeschäfte, seine Frau betrog ihn und setzte ihn finanziell zusätzlich unter Druck, den Tod seines Zwillingsbruders hatte er nie verwunden. Sein Alkoholkonsum war massiv, und um seine Gesundheit war es auch nicht gut bestellt. Ich denke, das sind genug Gründe, den Lebensmut zu verlieren. Denk an den Insulinspiegel und den Blutalkohol! Was, wenn er sich betrunken einfach eine Überdosis gespritzt hat, um mit alldem Schluss zu machen?»

Gubler stand auf und schaute aus dem Fenster. Der Winter hatte sich noch einmal mit aller Macht zurückgemeldet. Er freute sich auf den Engadin Skimarathon, zu dem ihn Conradin überredet hatte. Knapp zwei Wochen hatte er noch Zeit, sich darauf vorzubereiten. Diese Veranstaltung mit Start in Maloja und Ziel in S-chanf lockte jedes Jahr weit über zehntausend Teilnehmerinnen und Teilnehmer ins Engadin.

«Woran denkst du?», unterbrach Mirta seine Langlaufgedanken.

«An den Engadin Skimarathon.»

«Echt jetzt? Willst du mich verarschen?»

«Entschuldige, Mirta. Ich bin kurz abgeschweift.» Er setzte sich wieder auf seinen Stuhl und sah sie nachdenklich an. «Angenommen, deine Vermutung stimmt und er hat sich wirklich das Leben genommen, dann habe ich einige Fragen, die ich gerne beantwortet haben möchte, Frau Kommissarin Marugg.» Er sagte diese Worte äusserst freundlich und nicht abschätzig.

Mirta spürte, dass er auf den Zug aufgesprungen war. «Ich höre», forderte sie ihn lächelnd auf, fortzufahren.

Er zog sein Notizbuch aus der Jackentasche und schob es zu ihr hinüber.

Sie blickte ihn fragend an.

«Schreiben Sie meine Fragen auf, Frau Kollegin.» Ihm gefiel sein Auftritt. Er hatte Lust bekommen, Theater zu spielen. Und Mirta war sein Publikum. Aber sie durchschaute ihn.

«Kommt jetzt Shakespeare oder Scherzkeks?»

Er lachte und begann, seine Frage zu stellen, während sie eine leere Seite im Notizbuch aufschlug.

«Warum hätte er seinen Tod als Bobunfall darstellen sollen, wenn er sich umbringen wollte?» Er wartete mit der zweiten Frage, bis sie fertig geschrieben hatte. «Wenn der Zauberwürfel, den wir gefunden haben, wirklich Collin gehörte, wie ist dieser dann an den Fundort gelangt?» Wieder wartete Gubler ab, bevor er fortfuhr: «Und wie soll das Ganze abgelaufen sein? Glaubst du, dass jemand, der völlig betrunken ist, einen Monobob von irgendwo herholt und allein zum Fundort schleppt – wie soll er das denn geschafft haben? –, sich in den Schnee setzt und sich eine Überdosis Insulin verpasst? Wo ist dann die Spritze abgeblieben? Und wenn er sich woanders umgebracht hat, warum wurde er dann an die Bobbahn gebracht – und vor allem: von wem? Sie sehen, liebe Kollegin, Fragen über Fragen, die nicht beantwortet werden können.» Ihm war aufgefallen, dass Mirta aufgehört hatte zu schreiben. «Fehlen Ihnen die Argumente?» Er trat an die Pinnwand. «Ich sage dir, wir müssen weiter in Richtung Mord ermitteln. Jemand könnte ihm das Insulin mit Gewalt verabreicht haben. Daher auch der blaue Fleck.»

«Den kann er sich auch selbst zugefügt haben, weil er zu betrunken war, um die Spritze richtig zu bedienen. Zumal er sich das Insulin sonst wohl immer mit einem Pen in den Bauch injiziert hat. Noch einmal: Ich glaube nicht, dass es Mord war.»

Er sah sie überrascht an. «Jetzt bin ich aber gespannt, wie du die Fundsituation erklärst.»

«Vielleicht wollte jemand, dass es wie ein schlecht inszenierter Unfall aussieht, um uns auf eine falsche Fährte zu locken.»

«Wer könnte deiner Meinung nach ein Motiv gehabt haben, einen Unfall, der wie ein Mord aussieht, zu inszenieren?»

«Ich tippe auf die Witwe Göker.»

Gubler war sich sicher, dass sie sich irrte. Er nahm seine Jacke von der Stuhllehne. «Ich muss los. Das Mittagessen mit Mauro Jenal steht auf meiner To-do-Liste.» Er schlüpfte in die Daunenjacke. Dennoch: Irgendwie liess ihn ihre These nicht mehr los. «Kannst du im Kantonsspital anrufen und fragen, ob eine Überdosis Insulin zum Tod führen kann? Ich melde mich später noch einmal bei dir.» Natürlich wusste er, dass zu viel Insulin für einen Patienten lebensgefährlich sein konnte, und es war ihm klar, dass sie das auch wusste, aber er wollte nicht an Selbstmord glauben. Ausserdem fuchste es ihn, dass sie mit ihrer Vermutung richtig liegen könnte. Sein Stolz und vielleicht auch die Fehler, die er in diesem Fall gemacht hatte, erlaubten es ihm nicht, der jungen Polizistin recht zu geben.

Sie verliessen Gublers Büro. Er ging zum Ausgang, sie an ihren Arbeitsplatz.

Er drehte sich noch einmal zu ihr um. «Ich werde mir heute Nachmittag freinehmen. Bis morgen.» Er hatte sich spontan entschlossen, am Nachmittag eine Runde auf den Langlaufski zu drehen. Er verliess den Polizeiposten und machte sich auf den Weg zum Mittagessen mit Jenal.

Silser Eventpark

Der Informationsabend war in erster Linie eine Werbeveranstaltung der Firma, bei der die Gemeinde die Machbarkeitsstudie in Auftrag gegeben hatte. So jedenfalls empfand es Gubler.

Die junge Frau mit dem wegweisenden Namen Esperanza Futura präsentierte den Silser Eventpark mit viel Herzblut und sehr kompetent, das musste sogar er zugeben. Sie wurde nicht müde, die Weitsicht der Gemeinde zu betonen und ihr Projekt zu loben, das sich perfekt in die Natur einfüge. Auch den heikelsten Punkt, die Pistenverlängerung am Muot Marias und die damit verbundenen Baumfällungen, umschiffte sie geschickt. Kritische Fragen beantwortete sie mit allgemeinen Floskeln oder dem Hinweis, dass sie die gute Frage aufnehmen und in das Projekt einfliessen lassen werde. Zum Thema Kunsteisbahn übergab sie das Wort an ihren Kollegen, einen ausgewiesenen Fachmann. Auch für diesen war die Marschroute klar. Mit unzähligen Zahlen und Berechnungen zur Stromoptimierung versuchte er, die Anwesenden davon zu überzeugen, dass eine Kunsteisbahn heute problemlos betrieben werden könne und der ökologische Fussabdruck dieser modernsten Anlage, die übrigens in der Schweiz einmalig sei, neutral ausfiele.

Den Einwand einer Stimmberechtigten, diese Anlage sei viel zu gross, wollte der Fachmann nicht gelten lassen. Man müsse heute viel weiter denken. Gesamtheitlich. Die Klimaerwärmung habe einen direkten Einfluss auf die Wintersportorte und den Tourismus. Und das sei wichtig, gerade für eine Gemeinde wie Sils, wo die Zukunft zu hundert Prozent von den Übernachtungszahlen abhängig sei. Man müsse jetzt die richtigen Weichen stellen.

Gusti Carotti, Landwirt mit Kutschenbetrieb, meldete sich zu Wort und stellte dem Referenten die freundliche Frage, ob eine Kunsteisbahn in einer Zeit der Stromknappheit sinnvoll sei, und gab zu bedenken, dass es in Sils auch noch Bauern gebe und nicht nur Touristiker und Hoteliers. Seine Aussage sorgte für Gelächter im Saal.

Die Frage der Finanzierung liess der Gemeinderat offen. Man wolle zuerst eine Projektgruppe bilden, die die Bedürfnisse aller Vereine und Einwohner abklärt, und dann einen Vorschlag an der Gemeindeversammlung im Herbst zur Abstimmung bringen.

Gubler hört jemanden hinter sich tuscheln: «Wie bei der Dorfplatzgestaltung. Da haben sie nach drei Jahren entschieden, den Dorfplatz nicht zu verlegen.» Seine beiden Sitznachbarn konnten sich das Lachen nicht verkneifen, was den Referenten kurz aus dem Konzept brachte. Zum Schluss ergriff Gemeindepräsident Tschumy das Wort und appellierte an die Gemeinde, dieses Projekt nicht zu torpedieren, der Zeitpunkt sei noch nie so günstig gewesen wie jetzt. Und das Dach des Parkhauses müsse sowieso saniert werden. Er beantwortete keine weiteren Fragen und lud die Anwesenden zu einem gemeinsamen Apéro im Foyer ein, mit dem Hinweis, dass im Kindergartenzimmer ein Modell mit allen Details aufgestellt sei und man sich dort einen guten Überblick über das Projekt verschaffen könne. Ein verhaltener Applaus beendete die Veranstaltung.

Raschèr, der neben Gubler sass, hatte die ganze Zeit geschwiegen. Auf Gublers Frage, was er vom Eventpark halte, winkte er ab: «Ich hoffe, dass es der neue Gemeindepräsident oder die neue Gemeindepräsidentin besser macht. Aber es bleibt wohl bei der Hoffnung.»

Während sich Gubler und Hanna nach der Veranstaltung mit Pierino Dusch, dem Alpmeister, über den kommenden Alpsommer unterhielten, sah er aus dem Augenwinkel, dass auch Peter Fähnrich am Anlass teilgenommen hatte. Gubler erinnerte sich an Raschèrs Worte beim letzten gemeinsamen Nachtessen. «Er wäre direkt betroffen, wenn der Sportplatz neu gebaut würde. Seine Wohnung liegt direkt neben dem Eisfeld.» Er sah, wie sich Fähnrich und Tschumy in eine Ecke zurückgezogen hatten und sich angeregt unterhielten. «Da haben sich zwei gefunden», hörte er Raschèr sagen, der sich mit einem Glas Weisswein zu ihnen gesellte. Pierino Dusch nutzte die Gelegenheit, um sich von Gubler und Hanna zu verabschieden. Er müsse nach Hause, da er morgen früh abreise. «Jahresversammlung der Landwirte am Plantahof in Landquart.» Gubler schaute Pierino nach. Er schien nicht mehr so fit zu sein wie im letzten Sommer. Raschèr vermutete, dass Gubler über den Gesundheitszustand von Dusch nachdachte.

«Das Knie. Im April bekommt er eine Knieprothese. Ich glaube, das ist auch der Grund, warum er so früh nach Hause geht. Die Schmerzen sind nur noch mit starken Medikamenten zu ertragen.»

«Wie alt ist Pierino eigentlich?», wollte Gubler von ihm wissen.

«Er ist letzten Dezember pensioniert worden.»

«Hat er Nachkommen?»

Erst jetzt wurde ihm bewusst, wie wenig er über den Alpmeister wusste.

«Er hat einen Sohn und eine Tochter. Der Sohn ist vor über zwanzig Jahren nach Portugal ausgewandert, und die Tochter lebt mit ihrer Familie in Bern. Sie arbeitet in der Bundesverwaltung, und ihr Mann ist Oberarzt am Inselspital.

«Er hat also niemanden, der seinen Betrieb übernimmt.»

«Nein, aber das steht schon lange fest. Duarte, der schon seit vielen Jahren bei ihm angestellt ist, wird den Hof übernehmen.»

Fähnrich und Tschumy unterhielten sich noch immer. Fähnrich redete ununterbrochen auf Tschumy ein, der mit jedem Wort von Fähnrich noch kleiner zu werden schien. Gubler hätte gerne gewusst, was sich die beiden zu sagen hatten. Plötzlich wurde es Tschumy zu viel. Er warf die Arme in die Höhe und liess Fähnrich stehen. Schnurstracks verliess er das Foyer. Fähnrich wollte ihm folgen, was Gubler zum Anlass nahm, sich ihm in den Weg zu stellen.

«Herr Fähnrich, haben Sie kurz Zeit für mich?»

«Hören Sie, Gubler. Das ist nicht der richtige Moment. Ich habe andere Probleme.»

Gubler war überrascht, dass Fähnrich ihn kannte. Sie waren sich noch nie begegnet. Er konnte sich das nur so erklären, dass Frau Göker ihm gesagt haben musste, wer er war.

«Und noch etwas, Herr Kommissar. Halten Sie sich von Collin fern. Er hat mit der Sache nichts zu tun. Ich verbiete Ihnen, sich ihm zu nähern.» Gubler musste lachen. Ein ähnliches Gespräch hatte er vor über einem Jahr mit Tschumy auf dem Dorfplatz geführt. Als dieser Gubler ebenfalls befohlen hatte, sich nicht in seine Angelegenheiten einzumischen. Damals ging es um die Gletscherleiche, die er, Gubler, auf dem Vadret da Segl entdeckt hatte. Es war immer wieder erstaunlich, wie sich Menschen verhielten, wenn sie in die Enge getrieben wurden. Angriff ist die beste Verteidigung. Diesem Grundsatz bleiben die Betroffenen immer treu. Seine langjährige Erfahrung veranlasste ihn, das Gespräch sofort fortzusetzen, in der Hoffnung, dass Fähnrich einen entscheidenden Fehler machen und Gubler etwas erfahren würde, was ihm im Fall Göker weiterhelfen könnte.

«Kommen Sie kurz mit nach draussen. Ich möchte nicht, dass meine Fragen an die falschen Ohren gelangen.» Fähnrich wusste nicht, wie ihm geschah. Wie konnte dieser Kommissar seine Drohung derart ignorieren? Er war kurz davor, zu explodieren. Mit energischen Schritten eilte er ins Freie. Gubler hinterher. Draussen schnitt ihm Gubler das Wort ab, bevor Fähnrich überhaupt etwas sagen konnte.

«Ich glaube nicht, dass Sie mir etwas verbieten können, denn Sie gehören, wie ich informiert bin, nicht zur Familie. Und als Tatverdächtiger kommen Sie auch nicht in Frage, nicht weil das Motiv fehlt, sondern weil Sie dank der Untersuchungshaft ein mehr als wasserdichtes Alibi haben.»

Fähnrich wurde immer bleicher.

«Ich möchte von Ihnen nur wissen, warum Collin im Migros-Restaurant in Samedan so ausgerastet ist und warum Sie von Frau Göker angeschrien wurden.»

Fähnrich trat ganz nahe an Gubler heran. Gubler roch den Alkohol.

«Das geht Sie einen Scheissdreck an», fuhr er fast hysterisch fort. «Und es stimmt. Ich habe ein hieb- und stichfestes Alibi. Also lassen Sie uns in Ruhe!»

«Uns? Wen meinen Sie mit uns?»

«Gubler, übertreiben Sie es nicht. Ich habe Verbindungen bis ganz nach oben.»

Gubler blieb völlig ruhig. Er verkniff sich die Bemerkung, dass er unter «ganz nach oben» etwas völlig anderes verstand als Fähnrich.

«Vielleicht kann mir Collin sagen, was an jenem Tag in Samedan passiert ist.» Er wandte sich von Fähnrich ab. Er hatte keine Lust mehr, mit diesem *Salam* weiter zu diskutieren.

«Gubler, Sie werden von meinem Anwalt hören.»

Gubler hatte endgültig genug. «Das hoffe ich. Aber was werden Sie ihm sagen, oder anders gefragt, was soll mir Ihr Anwalt erzählen? Wie Sie richtig gesagt haben, haben Sie ein Alibi und kommen als Mörder nicht in Frage. Also, ich kann mir nicht vorstellen, worüber Ihr Anwalt mit mir reden könnte.» Gubler zog zwei Visitenkarten aus der Innentasche seiner Jacke. «Eine für Sie und eine für Ihren Anwalt.»

Fähnrich holte tief Luft, aber Gubler liess ihn nicht zu Wort kommen. «Vielleicht haben Sie doch etwas mit dem Tod von Rafael Göker zu tun.» Diesmal trat Gubler näher an Fähnrich heran. «Ich verspreche Ihnen, Herr Fähnrich. Wenn das der Fall ist, werde ich es herausfinden.» Er liess ihn stehen und stapfte davon. «*Huara buorsa.*»

Erst auf der Brücke über die Fedacla wurde ihm bewusst, dass er Hanna zurückgelassen hatte. Dieser Fähnrich, das musste sich Gubler eingestehen, hatte ihn mehr als nur ein wenig geärgert.

In der Fuschina-Bar brannte noch Licht. Er beschloss, noch etwas zu trinken. Er nahm sein Handy und schrieb Hanna eine Nachricht: *Ich warte in der Fuschina-Bar auf dich. Hatte einen kurzen Disput mit Fähnrich und keine Lust mehr zurückzukommen. Du musst nicht hetzen, ich bleibe, bis du kommst.*

Er betrat die Bar und stellte sich an den Tresen. Das Lokal war gut gefüllt. Einige Gesichter, die er an der Veranstaltung gesehen hatte, waren auch hier.

«Alessandro, komm her. Hier ist noch Platz für dich.» Hinter der Eingangstür sass Men Parli.

Gublers Laune verbesserte sich schlagartig.

Nachricht aus der Rechtsmedizin

Der Wecker riss Gubler aus dem Schlaf. Er quälte sich aus dem Bett. Der kurze Abstecher in die Fuschina-Bar hatte länger gedauert. Hanna schlief noch. Er nahm seine Kleider unter den Arm und ging ins Bad, wobei er darauf bedacht war, sie nicht zu wecken. Er fühlte sich gut. Mit dem Trinken hatte er sich sehr zurückgehalten. Die Nachwirkungen vom Chalandamarz waren noch zu präsent.

Mit einem Kaffee in der Hand stellte er sich auf den Balkon. Es versprach wieder ein schöner Tag zu werden. Der nasse Neuschnee der letzten Tage war von der Strasse verschwunden. Nur am Rand lagen noch Reste der weissen Pracht.

Gubler ging zurück, schloss die Balkontür hinter sich, schaltete das Radio ein und hörte die Nachrichten um sieben Uhr. Der Wetterbericht kündigte für die nächsten Tage viel Sonnenschein und einen Wärmeeinbruch an. Er hoffte, dass vor allem der Wärmeeinbruch noch etwas auf sich warten liesse. Zumindest bis nach dem Skimarathon am zweiten Sonntag im März.

Die Polizeistation Samedan glich einem Ameisenhaufen. Alle wussten, was sie zu tun hatten, und doch eilten alle aufgeregt durch die Gegend. Die Übung *Bernina 24* stand vor der Tür. An dieser Grossübung nahmen neben der Kantonspolizei und dem Grenzwachtkorps auch Teile der Militärpolizei und der Luftwaffe der Schweizer Armee teil. Die Übung dauerte zwei Tage und fand zwischen Punt Muragl und dem Grenzdorf Castasegna statt. Warum die Übung *Bernina 24* genannt wurde, wusste Gubler nicht. Er vermutete, dass es sich um einen Geheimcode handelte.

Er ging in den Pausenraum und holte sich einen Kaffee aus der Maschine. Auf dem Weg in sein Büro begegnete er Mauro Jenal. Beim gemeinsamen Mittagessen hatten sich die Unstimmigkeiten zwischen ihnen geklärt. Für Jenal war es der letzte Einsatz im Engadin. Am 1. April trat er seine Stelle im Hauptquartier der Kantonspolizei in Chur an.

«Ich wünsche euch viel Erfolg bei eurer Übung.»

«Danke.» Jenal eilte aus dem Grossraumbüro.

Gubler war froh, von solchen Einsätzen befreit zu sein.

«Alessandro.» Jenal war am Haupteingang stehen geblieben. «Enea hat nach dir gesucht. Du sollst ihn anrufen.»

Gubler streckte den Daumen in die Höhe. «Mache ich sofort.»

Er ging in sein Büro, zog die Jacke aus und schaltete den Computer ein. Sein Handy vibrierte. *Habe noch einen privaten Termin. Bin um zehn zurück. Gruss Mirta.* Er antwortete mit einem Daumen-hoch-Emoji.

Er suchte in seinem Aktenstapel nach dem Bericht der Gerichtsmedizin und las ihn noch einmal durch. Auch wenn er sicher war, nichts Neues zu finden, war es eine gute Beschäftigung, um die Zeit bis zu Mirtas Rückkehr zu überbrücken.

Er dachte nach. Für ihn ergab es keinen Sinn, dass sich Göker das Leben genommen haben sollte. Mirta mochte zwar recht haben, dass ihm seine Probleme zu viel geworden waren und er deshalb den Entschluss gefasst hatte, Schluss zu machen. Aber die Fundsituation und die Begleitumstände sprachen für ihn eindeutig dagegen. Er trat ans Fenster und beobachtete seine Kollegen, die sich auf die Übung vorbereiteten.

Es klopfte, Mirta trat ein und setzte sich sofort hin. Er sah sie an. Sie war kreidebleich. «Bist du krank?»

Sie winkte ab, was er als Bitte verstand, still zu sein.

«Kannst du mir bitte ein Glas Wasser holen?»

Er verliess das Büro und kam kurz darauf mit einem gefüllten Glas zurück. «Muss ich mir Sorgen machen?»

«Nein, alles in Ordnung. Es geht so schnell vorbei, wie es gekommen ist.» Sie trank das Glas in kleinen Schlucken leer. Gubler wartete. Er hatte keine Ahnung, wie er sich ihr Verhalten erklären sollte. «Danke Alessandro.»

«Gern geschehen. Warst du beim Arzt, um dich untersuchen zu lassen?»

«Mehr als einmal», lachte sie.

Gubler war mit der Situation überfordert und reichte ihr die Papiere, die er immer noch in der Hand hielt.

Mirta legte die Unterlagen achtlos zur Seite, ging zur Pinnwand und studierte die Notizen. Sie schrieb mit einem roten Farbstift auf einen neuen Zettel: *Suizid? Beweisbar? Wer hat ein Motiv, es nach einem Mord aussehen zu lassen?*

Gublers Smartphone klingelte. Es war Marco Pol.

«Chau Marco. Warte, ich stelle auf Lautsprecher, damit Kommissarin Marugg auch zuhören kann. Ich hoffe, du hast gute Nachrichten für uns.»

«Ob es gute Nachrichten sind, weiss ich nicht. Die Spurensicherung hat die Fingerabdrücke analysiert und die Auswertungen sind bereit. Sarah lässt dich übrigens grüssen. Sie hat dir auch noch einen Würfel geschickt, falls ihr weitere Vergleichswerte benötigt.»

«Danke Marco. Du hast was gut bei mir.»

«Soll ich dir die Ergebnisse per Mail senden lassen, oder hast du Lust, nach Zürich zu kommen?»

«Lust schon, aber keine Zeit. Schick sie per Mail an unsere Spurensicherung.»

«Ich gehe nach unten und sage Bescheid, dass sie sich gleich dranmachen», flüsterte Mirta. «Wir sehen uns morgen.» Sie verliess das Büro.

«Marco, kann ich dich was fragen?»

«Ich nehme an, es geht um Rafael Göker.»

«Hast du eine Idee, wer von Gökers Tod am meisten profitiert?» Gubler erwähnte Mirtas Selbstmordtheorie nicht.

«Nein. Ich habe keine Ahnung.»

Gubler wollte noch eine weitere Frage stellen, liess es aber. «Ich muss aufhören. Mauro Jenal wartet auf mich», log er.

Marco Pol durchschaute die Notlüge seines Freundes sofort.

«Ich hoffe, du kannst den Fall bald lösen. Bitte halte mich auf dem Laufenden.»

«Das werde ich.»

«*Garantieu?*»

«*Tschert e fraunch!*»[21] Gubler beendete den Anruf. Er stellte sich wieder vor die Pinnwand und verschob den Zettel *WITWE GÖKER AUF DEN ZAHN FÜHLEN* an eine freie Stelle.

Fingerabdrücke

Gubler hielt es kaum noch aus. Er hatte Mirta heute Morgen angerufen, kaum dass er im Büro war. Der Bericht über die Fingerabdrücke war immer noch nicht gekommen. Er griff zum Telefon und wählte die Nummer der Spurensicherung. Er schaute auf die Uhr. Es war kurz vor elf. Niemand meldete sich. Fluchend verliess er das Büro und machte sich auf den Weg, um selbst nachzusehen. Am Empfang hielt ihn eine Mitarbeiterin an und drückte ihm ein Päckchen in die Hand. Er nahm es entgegen und öffnete es sofort. Es enthielt einen Zauberwürfel und eine Nachricht: *Ich hoffe, er hilft dir weiter. Liebe Grüsse Sarah.* Gubler eilte zur Spurensicherung.

«In einer halben Stunde haben wir den Vergleich. Sind Sie im Haus oder sollen wir ihn mailen?»

«Ich warte im Büro auf eure Antwort.»

«Sehr gut. Sie können den Würfel mitnehmen, wir brauchen ihn nicht mehr.» Gubler nahm den Zauberwürfel, den sie an der Bobbahn gefunden hatten, oder was davon übrig war, und eilte in sein Büro. Im Korridor traf er auf Mirta, die gerade telefonierte.

«Das stimmt nicht ganz. Nein, diese Meldung stammt nicht von uns. Es tut mir leid, ich kann Ihnen keine weiteren Informationen geben. Das ist ein laufender Fall ... Machen Sie das. Zuständig ist die Staatsanwaltschaft Graubünden in Chur. Danke, auf Wiederhören.» Sie legte auf. «Die Presse. Sie haben mit dem Anwalt der Witwe Göker gesprochen, und der habe ihnen gesagt, dass es neue Spuren gebe.»

«Die sollen schreiben, was sie wollen. Von uns erfahren sie nichts.» Er reichte ihr den Zauberwürfel aus Zürich. «Und dieser Tambur soll den Mund halten. Ich werde ihm persönlich meine Meinung sagen.»

Sie wusste inzwischen, was er von Rechtsanwalt Tambur hielt, und schwieg. «Das ist er also, der schwierigste Zauberwürfel.»

«Das sagt man jedenfalls.»

Mirtas Handy klingelte. Sie schaute auf das Display. «Meine Mutter. Das ist heute schon der fünfte Anruf. Ich muss rangehen, sie lässt nicht locker!»

«Ich rufe dich an, sobald ich etwas Neues von der Spurensicherung habe.»

Sie nickte und nahm den Anruf ihrer Mutter entgegen.

«Ja, Enea, es gibt keinen Zweifel. Die Fingerabdrücke auf den beiden Würfeln sind identisch.»

Cavelti liess sich Zeit. «Und du glaubst, dass Collin in dieser Nacht am Fundort gewesen sein muss?»

«Ich vermute es.»

«Vermuten ist nicht gut. Du solltest Beweise haben.»

«Die kann ich nur liefern, wenn ich Collin befragen kann.»

Wieder liess sich Cavelti Zeit. «Ich werde bei Staatsanwalt Degonda nachhaken, ob die Verfügung inzwischen offiziell zugestellt wurde. Bis dahin tust du gar nichts. Du hörst von mir.»

«Danke, Enea.» Gubler legte auf.

Er musste sich zusammenreissen, um Caveltis Befehl zu befolgen. Am liebsten wäre er sofort nach Sils gefahren, um Collin zu dem Würfel zu befragen. Aber er wollte es sich mit Cavelti nicht verderben. Nichtstun kam für ihn aber auch nicht in Frage. Er überlegte, was er als Nächstes tun sollte. Dann kam ihm eine Idee. Er griff zum Handy und rief Anwalt Tambur an.

«Chau Gian Pitschen. Hast du kurz Zeit?» Diesmal duzte er ihn ganz bewusst.

«Eigentlich nicht», antwortete Tambur knapp.

«Dann mache ich es kurz. Wir haben wichtige Fragen an Collin. Er wird verdächtigt, etwas mit dem Mord an Rafael Göker zu tun zu haben. Staatsanwalt Degonda wird sich per Einschreiben bei dir melden. Ich wünsche einen schönen Tag.»

«Gubler, warte ...»

«Tut mir leid, Tambur, ich muss gehen. Wir haben eine Sondersitzung in Sachen Mordfall Göker.» Er unterbrach das Gespräch, bevor Tambur noch etwas sagen konnte. Er war sich sicher, dass dieser alles tun würde, um ihn zu stoppen. Gubler nahm eine Rüge in Kauf. Er ging davon aus, dass die Staatsanwaltschaft nach dem positiven Fingerabdruckvergleich Verständnis für sein Vorgehen haben und entsprechend reagieren würde.

Es war kurz vor siebzehn Uhr, als Gubler den Computer ausschaltete. Er hatte Hanna versprochen, mit ihr einkaufen zu gehen. Sie erwartete nächste Woche Besuch von ihrer Studienkollegin, und sie hatten sich um achtzehn Uhr vor dem Supermarkt verabredet. Die Stunde, die ihm noch blieb, wollte er nutzen, um Mirta auf ein Glas Wein in das Bistro unten an der Tankstelle einzuladen. Sie hatte sich in den letzten Wochen intensiv mit dem Fall Göker beschäftigt und kannte inzwischen alle Fakten und Beweise bis ins kleinste Detail.

Sie waren fast allein im Bistro.

«Eine Frage beschäftigt mich ununterbrochen. Ich werde fast wahnsinnig.»

«Eine? Ich habe das Gefühl, dass es nur offene Fragen sind, die dich beschäftigen.» Mirta prostete Gubler mit ihrer Apfelschorle zu.

«Vielleicht hast du recht. Irgendwie komme ich in diesem Fall nicht weiter. Ständig werde ich von irgendwem ausgebremst.»

«Das sehe ich ganz anders. Wir haben in den letzten Wochen viel erreicht. Und ich habe das Gefühl, dass wir den Fall bald lösen werden.»

Gubler sah sie überrascht an.

«Welche Frage beschäftigt dich so sehr, dass du kaum schlafen kannst?», wollte sie wissen.

Er nahm einen Schluck aus seinem Glas. Er hatte sich für einen Weisswein entschieden, den das Lokal im Offenausschank anbot. «Warum soll es wie ein Unfall aussehen, der uns zwangsläufig an Mord denken lässt? Das ist doch vollkommen unsinnig.»

«Wie ich schon sagte: Ich glaube, dass die Witwe Göker ein Interesse daran hat, uns in Richtung Unfall oder Mord ermitteln zu lassen. Und ich habe auch eine Vermutung, wieso.»

«Lass hören.»

Sie beugte sich leicht zu ihm vor, als wolle sie ihrer Aussage noch mehr Nachdruck verleihen: «Eine Lebensversicherung.»

«Eine Lebensversicherung?»

«Genau. Eine Lebensversicherung, die bei Suizid nicht zahlt.»

Gublers Handy zeigte eine eingehende Nachricht an. Sie kam von Hanna. *Ich warte, wo bist du?* Er schaute auf die Uhr. *Huara Saich.* Eine Viertelstunde zu spät. Das gibt Ärger.»

«Geh schon, ich übernehme das.»

«Kommt nicht in Frage.» Er legte einen Zwanziger auf den Tisch. «Danke, Mirta, und ein schönes Wochenende.» Er lief los.

Lebensversicherung

Suizid gilt in der Risikolebensversicherung nicht grundsätz-lich als Grund für eine Leistungsverweigerung, da er als Fol-ge einer psychischen Erkrankung angesehen wird. Allerdings besteht in diesem Fall eine Wartezeit von drei Jahren, um auszuschliessen, dass ein Versicherungsnehmer die Risikover-sicherung mit dem bewussten Ziel abschliesst, seine Familie oder einen anderen Begünstigten nach seinem eigenen Suizid abzusichern.

Gubler las diese Passage wohl zum hundertsten Mal. Er hatte am Wochenende nach Mirtas Hinweis im Internet recher-chiert und verschiedene Artikel gelesen.

«Zahlt eine Versicherung, ja oder nein?»

Mirta seufzte, was er als Zeichen der Ratlosigkeit deutete. Sie legte die Hände an den Hinterkopf, und blickte zur De-cke: «So wie ich das verstehe, ist eine Zahlung bei Suizid nicht per se ausgeschlossen.» Sie las noch einmal den Passus auf dem Blatt vor. «Hier steht: ‹nicht grundsätzlich›, was aber auch bedeuten kann, dass es je nach Vertragsklauseln, den sogenannten Allgemeinen Geschäftsbedingungen, eben doch keine Zahlung gibt. Und dann ist da die Wartezeit von drei Jahren. Wenn jemand die Versicherung erst vor Kurzem abgeschlossen hat, ja dann heisst es wohl: Pech gehabt», sie legte das Blatt zurück. «Was für den oder *die* Begünstigte», sie betonte bewusst die weibliche Form, «ziemlich doof ist.»

«Wie finden wir am schnellsten heraus, ob Rafael Göker eine Lebensversicherung hatte oder nicht? Alle Versiche-rungsgesellschaften anzuschreiben und um Auskunft zu bit-ten, ist wohl zwecklos?» Es war eine blöde Frage, das wusste er. Aber er hatte keine Ahnung, wie er an diese Information kommen sollte, und nichts zu sagen, erschien ihm in diesem Moment auch falsch. «Die andere Möglichkeit ist, die Witwe Göker anzurufen und zu fragen, ob ihr verstorbener Mann eine Lebensversicherung hatte.» Diese Idee war definitiv noch dümmer als die erste, was Mirta mit einem lauten Lachen quittierte.

«Meine Cousine arbeitet bei einer Versicherungsgesellschaft in Basel. Vielleicht kann ich sie fragen, ob sie uns in dieser Sache weiterhelfen kann.»

Gubler nickte abwesend.

Sie merkte, dass er weit weg war mit seinen Gedanken. «Gut, dann gehe ich jetzt.» Sie stand auf, verabschiedete sich und liess ihn allein zurück.

Als Gubler nach der Mittagspause und seinem neuen Hobby, dem Fitnesstraining, wieder ins Büro kam, wartete Mirta mit einer Nachricht auf ihn.

«Meine Cousine hat sich schlau gemacht und meint, dass eine Lebensversicherung bei Selbstmord in der Regel tatsächlich zahlen würde, aber definitiv nicht, wenn die Karenzzeit, also die Wartezeit, noch nicht abgelaufen ist. Es ist so, wie wir es gelesen haben.»

Sie gingen in sein Büro.

«Hat sich deine Cousine auch erkundigt, wie wir ohne Hausdurchsuchung an die Police kommen?», fragte er forsch. Er bemerkte seinen Fauxpas sofort.

«Ein ‹Gut gemacht, Mirta› wäre jetzt passender gewesen. Aber ja, meine Cousine hatte einen Tipp, wie wir vorgehen könnten.» Er wollte sich bei ihr entschuldigen, doch sie liess ihn nicht zu Wort kommen. «Sie meinte, wir sollen herausfinden, bei welcher Gesellschaft er seine Fahrzeuge versichert hat. Das dürfte für die Polizei kein grosses Problem sein. Und wenn wir Glück haben, hat er dort auch seine Lebensversicherung abgeschlossen oder die Gesellschaft kann uns auf andere Weise weiterhelfen.» Sie gab ihrer Antwort bewusst einen leicht sarkastischen Tonfall, was ihm nicht verborgen blieb.

«Entschuldige, Mirta, aber dieser Fall macht mich wahnsinnig.»

«Da kann meine Cousine aber nichts dafür», lachte sie.

Er war froh, dass sie nicht nachtragend war. «Schick deiner Cousine eine Engadiner Nusstorte mit herzlichem Dank von mir. Und jetzt nehmen wir uns Collin vor!» Er erhob sich aus dem Stuhl und holte den Zauberwürfel, den er von Sarah bekommen hatte, aus dem Aktenschrank und warf ihn ihr zu: «Ich bin sicher, dass er sich über seinen verlorenen Würfel freuen wird.»

Sie war überrascht. «Jetzt sofort?», fragte sie verständnislos.

«Ja, jetzt sofort.»

«Und wie willst du an Collin herankommen?»

«Tambur hat zwar gegen die Verfügung zur Einvernehmung sofort Einspruch erhoben und reitet jetzt auf der Frage nach der Hinzuziehung einer Vertrauensärztin oder eines Vertrauensarztes herum, um auf Zeit zu spielen, aber ...», Gubler zog ein Formular hervor und hielt es hoch, «wir gehen nicht wegen Collin nach Sils. Wir haben einen Hausdurchsuchungsbefehl und müssen niemandem sagen, was wir suchen. Wenn wir Glück haben, und ich hoffe, dass mir dieses Glück endlich einmal hold ist, treffen wir auch Collin an und können ihm den Würfel übergeben. Mal sehen, wie er reagiert.» Er war voller Tatendrang. «Reichen dir zehn Minuten?»

«Klar.» Sie hielt noch immer den Würfel in der Hand. «Soll ich ihn einstecken?»

Er nickte, und sie verliess das Büro.

Gubler griff zum Telefon, wählte die Nummer von Frau Göker, kündigte die Hausdurchsuchung an und bat sie, ihren Anwalt zu informieren. «Am besten, er macht sich gleich auf den Weg.»

Er legte auf und ging pfeifend in Richtung Tiefgarage.

Wendepunkt

Eine Dreiviertelstunde später parkte Gubler den Dienstwagen auf dem Parkplatz der Villa Göker. Rechtsanwalt Tambur fuhr seit dem Kreisel *Camping Silvaplana* hinter ihnen her. Er telefonierte die ganze Zeit, so schien es jedenfalls, denn er gestikulierte wie ein Besessener mit den Armen. Kurz vor Sils klingelte Gublers Telefon. Es war Enea Cavelti. Gubler ahnte, was er von ihm wollte, und drückte auf die Antworttaste:

Ich kann jetzt nicht sprechen.

Gubler und Mirta stiegen aus. Ein warmer Malojawind empfing sie. Der Wetterbericht hatte recht behalten. Der Wärmeeinbruch war da, sogar früher als angekündigt.

Er reichte Mirta die plastifizierten Schuhüberzieher. «Diese Dinger müssen wir uns über die Schuhe ziehen, um Salzflecken auf dem Parkett zu vermeiden.»

Mirta nickte. «Kann ich gut verstehen.»

«Brauchst du auch Überzieher oder hast du deine eigenen mitgenommen?», fragte er den Anwalt und reichte ihm die grünen Plastikdinger. Dieser riss sie ihm ohne Dank aus der Hand. Gublers Stimmung konnte diese Geste nichts anhaben. Er wusste nur zu gut: Wenn die Argumente fehlen, werden die Worte lauter. Und so war es auch bei Tambur, nachdem er seine Schuhüberzieher angelegt hatte.

«Gubler, was soll das? Du hattest deine Chance bei der ersten Hausdurchsuchung und hast nichts gefunden. Glaubst du, du findest jetzt etwas, oder ist das wieder eines deiner unprofessionellen Spielchen, unbescholtene Menschen in Angst und Schrecken zu versetzen, damit sie etwas sagen, das für die Aufklärung von Gökers Unfall sowieso nur irrelevant sein kann?»

Tambur konnte ohne Punkt und Komma reden und das alles ziemlich kompliziert. Das musste Gubler neidlos zugestehen. Der Rechtsanwalt holte Luft für sein nächstes Plädoyer. Gubler unterbrach ihn nicht.

«Mit deiner Arbeitsweise hattest du vielleicht in Zürich Erfolg, aber hier bei uns wird anders gearbeitet. Hier haben wir Respekt voreinander und verdächtigen die Leute nicht aus dem Bauch heraus. Ich garantiere dir, dass dies Konsequenzen für dich haben wird. Weitreichende Konsequenzen.»

Gubler antwortete nicht.

Mirta, die zum ersten Mal mit so einer Situation konfrontiert war, war beeindruckt, wie sich Gubler beherrschte. In Wirklichkeit kochte er innerlich. Diese Typen gingen ihm gewaltig auf die Nerven. Wie konnten sie sich anmassen, bestimmen zu wollen, was er zu tun und zu lassen habe? Er dachte an Tschumy, den Gemeindepräsidenten von Sils, bei seinem letzten Fall oder an Peter Fähnrich, der auch das Gefühl hatte, er könne Gubler Vorschriften machen. Er hörte Tambur schon lange nicht mehr zu.

«Hast du mich verstanden, Gubler? Das ist das letzte Mal, dass du dieses Haus betrittst. Mit oder ohne Hausdurchsuchungsbefehl.»

Jetzt, spürte er, war der Moment gekommen, zu antworten: «Lieber Gian Pitschen», er sprach ihn bewusst mit dem Vornamen an. Aus seiner Schulzeit wusste er, dass der Anwalt wegen seines Namens immer gehänselt worden war. Das Funkeln in dessen Augen verriet ihm, dass er richtig lag. Sein Smartphone vibrierte zum dritten Mal, wieder drückte er den Anruf weg. «Wir haben den Hausdurchsuchungsbefehl aufgrund neuer Indizien beantragt und erhalten. Wie du sicher weisst, können und müssen wir neuen Spuren nachgehen. Und ich bin sicher, dass dies in Zürich und im Engadin gleich ist. Aber deine Einwände in dieser Angelegenheit zeigen mir, dass ich davon ausgehen muss, dass versucht wird, etwas zu verbergen.»

Tambur wurde rot im Gesicht. Diese Unverschämtheit wollte er sich nicht gefallen lassen.

Gubler liess ihn nicht zu Wort kommen. «Ausserdem bin ich mir sicher, dass wir, wenn wir heute fündig werden, das Haus ohnehin nicht mehr betreten müssen.»

Mirta befürchtete, dass Tambur einen Herzinfarkt erleiden würde. Gubler stand dem Anwalt in seinen klaren Aussagen in nichts nach, und zum ersten Mal konnte sie live miterleben, was über ihn erzählt wurde: *Gubler ist ein ausgezeichneter Analytiker, Taktiker und im richtigen Moment ein echter Wadenbeisser.*

«Bitte, Herr Anwalt, nach Ihnen.» Gubler winkte Tambur vor sich. Dieser klingelte an der Tür, die sich sofort öffnete. Offenbar hatte Frau Göker die ganze Zeit hinter der Tür gestanden und gelauscht. Als die Tür aufging, sah Gubler Collin oben auf der Treppe stehen. Er hielt einen Zauberwürfel in der Hand.

Sie betraten das Haus. Frau Göker sah müde aus. Gubler erinnerte sich an seinen ersten Besuch. Damals war sie tadellos gekleidet gewesen, und alles war aufeinander abgestimmt. Jetzt bot sich ein ganz anderes Bild. Sie hatte einiges an Gewicht verloren, und ihre Haare wirkten ungepflegt, was ihn vermuten liess, dass sie schon länger nicht mehr beim Friseur gewesen war. Sie wechselte nervöse Blicke mit Tambur. Doch der konnte nichts tun, er sah keine Möglichkeit, Gubler und Mirta den Zutritt zum Haus zu verwehren. Mirta hatte keine Ahnung, nach was sie suchen sollten, und war gespannt, was Gubler als Nächstes tun würde.

«Guten Tag, Frau Göker», begrüsste er die Frau. Dann schaute er an ihr vorbei und grüsste auch Collin: «Hallo Collin, schön dich zu sehen.»

Tambur drehte sich wie vom Blitz getroffen um. «Gubler, ich verbiete dir ...»

«Nicht nötig. Ich wollte nur alle begrüssen. Frau Göker, können wir bitte ins Büro gehen? Oder wo bewahren Sie Ihre Versicherungsordner auf?»

Dieser Punkt ging an Gubler. Frau Göker zuckte bei dem Wort «Versicherung» so heftig zusammen, dass er befürchtete, sie würde zusammenbrechen. Er ging davon aus, dass er in dem Ordner nichts finden würde. Erstens war die Police, falls es eine gab, sicher nicht mehr im Ordner, und andere belastende Dokumente waren gewiss auch entfernt worden. Aber es gab ihm Zeit, über den nächsten Schritt nachzudenken.

Den nächsten Schritt machte jedoch Collin. Er kam zwei Stufen tiefer und fragte Gubler völlig überraschend: «Sie sind doch Polizist?»

«Ja, das bin ich», antwortete er. «Und das ist Mirta Marugg. Sie ist auch Polizistin.» Er zeigte auf Mirta, die lächelnd den Arm zur Begrüssung anhob.

Collin trat einen Schritt zurück, als Frau Göker ihn scharf ermahnte, in sein Zimmer zu gehen.

«Ich bleibe lieber hier bei den Polizisten.»

Er sah Gubler an. «Ein Polizist muss immer die Wahrheit sagen.»

«Das stimmt, Collin.»

Priscilla Göker gefiel es gar nicht, dass Collin mit Gubler sprach, und versuchte, das Gespräch zu unterbrechen. Sie fauchte ihren Bruder an: «Geh sofort in dein Zimmer und bleib dort, bis ich dich hole!»

Collin blieb stehen. Er machte keinen Schritt mehr. «Ich gehe nur, wenn der Polizist mitkommt.» Er drehte nervös an seinem Zauberwürfel.

Gubler dachte nach. Der Zauberwürfel, den er von Sarah bekommen hatte, steckte in Mirtas Tasche. Durch den Disput mit Tambur war er nicht mehr dazu gekommen, ihn wieder an sich zu nehmen. Er wollte diesen Trumpf aber nicht vor aller Augen ausspielen. Da hatte er eine Eingebung: «Collin, darf die Polizistin Mirta Marugg mit dir in dein Zimmer gehen? Ich habe ihr von deiner grossen Zauberwürfelsammlung erzählt. Sie möchte sie gerne sehen.»

Collins Gesichtsausdruck veränderte sich schlagartig. Ein Lächeln huschte über sein Gesicht. Er nickte ihr zu. «Kommen Sie mit, Frau Marugg.» Er drehte sich um und stieg die Treppe bis zur letzten Stufe hinauf. Dort wartete er auf Mirta, die sich an Frau Göker vorbeigeschoben hatte und Collin folgte. Sie wusste genau, was sie zu tun hatte, als hätte sie schon immer mit Gubler zusammengearbeitet. Ein unglaubliches Gefühl überkam sie, als sie merkte, wie viel Vertrauen er ihr entgegenbrachte.

Tambur sah Gubler an, als wollte er ihn mit seinem Blick in die Hölle schicken. Aber er konnte nichts tun. Er wusste, dass Collin einen Wutanfall bekommen würde, wenn man ihm seinen Wunsch verweigerte. Frau Göker wusste das auch und blieb ebenfalls still.

Gubler ergriff die Gelegenheit, bevor sie es sich anders überlegten: «Können wir?»

Zwanzig Minuten später standen sie wieder vor dem Haus. Der Malojawind hatte etwas nachgelassen. Frau Göker hatte kein Wort mehr mit Gubler gesprochen. Wie vermutet, hatte er im Versicherungsordner nichts gefunden, was ihn weitergebracht hätte. Er hoffte auf gute Nachrichten von Mirta, die die ganze Zeit bei Collin verbracht hatte.

Tambur verabschiedete sich mit knappen Worten von ihnen, liess es sich aber nicht nehmen, Gubler noch einmal darauf hinzuweisen, dass er mit Konsequenzen zu rechnen habe. Dann stieg er in seinen Wagen und brauste davon.

Gubler sah ihm nach. Er konnte sich kaum beherrschen. Er wollte unbedingt wissen, ob Mirta etwas von Collin erfahren hatte. Nachdem er eingestiegen war, sah er, wie sie Collin zuwinkte, der unter dem Dach aus einem Fenster schaute und zurückwinkte.

Er startete den Motor und fuhr los, kaum dass sie die Autotür zugezogen hatte.

«Was hast du herausgefunden? Hast du ihm den Würfel gegeben? Was hat er gesagt?» Er hielt es kaum noch aus.

«Nichts, ja und nichts», antwortete sie knapp.

«Was heisst ‹nichts, ja und nichts›?», entfuhr es ihm.

«Ich habe nichts herausgefunden, weil er die ganze Zeit geschwiegen und mir einen Würfel nach dem anderen in die Hand gedrückt hat, die er in unglaublicher Geschwindigkeit gelöst hatte. Ja heisst, ich habe ihn ihm gegeben ...»

«Und was hat er gesagt?», fiel er ihr ungeduldig ins Wort.

«... und nichts heisst», fuhr sie unbeirrt fort, «dass er nichts gesagt hat.»

Gubler starrte sie irritiert an.

Ungerührt erwiderte sie seinen Blick. «Aber das soll ich dir von ihm geben.» Sie zog einen Umschlag aus der Innentasche ihrer Jacke und reichte ihn ihm.

Gubler trat scharf auf die Bremse, bog rechts von der Strasse ab und fuhr auf den Parkplatz der Pizzeria *Beach Club*. Er bemerkte erst jetzt, dass sie weinte. Er stellte den Motor ab.

«Es tut mir leid, habe ich …», begann er und wusste nicht, wie er weitermachen sollte.

Sie wischte sich die Tränen mit dem Ärmel ihrer Jacke ab. «Mir ist nicht gut, fahr mich bitte nach Hause.»

Während der ganzen Fahrt sprach sie kein Wort. In Celerina angekommen, liess er sie aussteigen.

«Danke, Alessandro. Wir sehen uns morgen im Büro.» Ohne sich noch einmal umzudrehen, verschwand sie im Haus.

Hastig öffnete er den Umschlag. Ein gelbes Blatt Papier lag darin. Er nahm es heraus und las die wenigen handgeschriebenen Worte.

In der Tiefgarage angekommen, stellte er den Wagen ab und ging zum Lift. Er hörte Mauro Jenal rufen.

«Gubler, warte, lass mich auch mitfahren.»

Er hielt die Lifttür offen und wartete, bis Jenal in den Lift getreten war.

«Hattet ihr Erfolg in Sils?»

«Woher weisst du, dass wir in Sils waren?»

«Cavelti hat dich gesucht. Er hat die ganze Polizeistation in Bewegung gesetzt, um herauszufinden, wo du bist. Er hat mir gesagt, wenn ich dich sehe, soll ich dir ausrichten, dich sofort bei ihm zu melden.»

Gubler erinnerte sich an den ersten Tag ihres Kennenlernens. Damals schien die Welt noch in Ordnung zu sein. Warum es mit ihnen nicht geklappt hatte, konnte er nicht genau sagen. Aber das war ihm auch egal. Jenal verbrachte seine letzten Tage in Samedan, bevor er als Nachfolger von Enea Cavelti nach Chur wechseln würde. «Dann gehe ich wohl besser in mein Büro und melde mich sofort beim Capo, bevor er noch eine Vermisstenanzeige aufgibt.» Er wählte bewusst eine lockere Sprache, um Jenal schon jetzt klarzumachen, dass er sich nicht einfach so herumschubsen liess. Dann besann er sich: «Hast du noch Zeit für einen Kaffee?»

Jenal nickte überrascht, und sie gingen gemeinsam in die Cafeteria.

Cavelti hielt sich sehr kurz. Er machte keinen Hehl daraus, dass er das Verhalten und die Vorgehensweise von Gubler nicht akzeptierte. «Verdammt noch mal, Alessandro. In meinen letzten Arbeitstagen beschäftigst du mich mehr als das ganze Polizeikorps zusammen. Anwalt Tambur hat getobt und Anzeige erstattet. Ich will dich morgen hier auf meinem Büro sehen.»

«Wegen so einer Lappalie soll ich nach Chur kommen? Das können wir auch am Telefon besprechen.»

«Du bist morgen früh um acht bei mir. Verstanden?»

Gubler merkte, dass Cavelti wirklich wütend war, und beschloss, nicht weiter zu diskutieren, konnte sich aber eine Bemerkung nicht verkneifen: «Geht es auch um sieben?»

«Alessandro, treib es nicht zu weit.» Er verabschiedete sich von Gubler und legte auf.

Pünktlich um acht Uhr klopfte er an Caveltis Tür.

«Komm rein.» Caveltis Tonfall war schon viel ruhiger als gestern am Telefon, was Gubler beruhigte. Er trat ein. Caveltis Büro war fast leer. In einer Ecke standen sechs Kartons mit der Aufschrift *privat*. Ohne weitere Worte setzten sie sich an den Tisch. Gubler wartete, Cavelti auch.

«Erzähl», forderte Cavelti ihn schliesslich auf.

«Was soll ich erzählen? Zeig mir zuerst die Anzeige von Tambur.» Er pokerte. Er war sich sicher, dass der Anwalt keine Anzeige erstattet hatte.

«Es gibt keine schriftliche Anzeige, es blieb bei Worten, aber Tambur hat Verbindungen bis in die höchsten Kreise des Kantonsgerichts, und ich habe keine Lust, mich vor der Staatsanwaltschaft für das unkonventionelle Vorgehen eines meiner Mitarbeiter rechtfertigen zu müssen.»

«Er wird auch keine Anzeige erstatten.»

«Warum bist du dir so sicher?»

«Er hat keine Argumente für eine Anzeige.»

«Und der Durchsuchungsbefehl? Woher hast du den?»

«Ich hatte und habe keinen Hausdurchsuchungsbefehl.»

«Was meinst du damit, du hast keinen? Tambur behauptet, du hättest ihm gesagt, ihr hättet neue Fakten und würdet mit einem Durchsuchungsbefehl in Sils auf ihn warten.»

«Das stimmt. Das habe ich gesagt. Ich habe gelogen. Ich habe auch Mirta gegenüber so getan, als hätte ich einen, um sie nicht in Gewissenskonflikt zu bringen, ein Dienstvergehen zu begehen.»

Cavelti bekam den Mund nicht mehr zu. «Aha.» Er stand auf und schaute aus dem Fenster. Das alles war zu viel für ihn. «Alessandro ...»

Gubler unterbrach ihn. «Enea, du weisst so gut wie ich, dass es manchmal ein bisschen Mut und Glück braucht, um in einem Fall weiterzukommen.»

Cavelti antwortete nicht. Er musste Gubler recht geben. Genau diese kleinen Unterschiede machten einen erfolgreichen Kommissar aus. Wenn man sich immer an die Regeln hielt, konnte man schnell in eine Sackgasse geraten. Cavelti kannte Gublers Stärken nur zu gut. «Was hättest du gemacht, wenn er den Durchsuchungsbefehl hätte sehen wollen?»

«Dann hätte ich Pech gehabt und wäre wieder gegangen. Aber ich habe gespürt, dass jetzt der richtige Zeitpunkt ist, etwas zu riskieren, und: Es hat funktioniert. Du siehst, ihm fehlen die Argumente für eine Anzeige. Er hat übrigens persönlich an der Tür geklingelt, und Frau Göker hat freiwillig geöffnet. Während ich im Büro eine Lebensversicherung suchte, die, wie vermutet, nicht auffindbar war, waren beide immer hinter mir. Ich war also keine Sekunde allein.» Er erzählte Cavelti alles bis ins kleinste Detail. Dann zog er den Brief, den Collin Mirta für ihn mitgegeben hatte, aus der Jackentasche und schob ihn Enea zu.

Lieber Collin

In den letzten Monaten habe ich vieles versucht. Aber nichts hat funktioniert. Ich halte es nicht mehr aus. Ich will es nicht mehr sehen. Es gibt keine Lösung. Ich habe keine Freude mehr. Meine Krankheit belastet mich sehr. Ich gehe. Für immer. Wir werden uns nicht mehr sehen. Denk an unseren Stern Pegasus.
Zeige deiner Schwester diesen Brief nicht. Sie hat auch einen.

Verzeih mir.
Rafael

Cavelti liess das Blatt auf den Tisch gleiten. «Frau Göker weiss nicht, dass dieser Brief existiert?»

«Ich glaube nicht. Collin hätte Rafaels Wunsch nicht missachtet.» Gubler steckte den Brief wieder zurück in die Jackentasche. «Aber ich bin sicher, dass er weiss, was in dieser Nacht passiert ist. Und ich bin sicher, dass seine Schwester ihn kaltblütig für ihr Vorhaben ausgenutzt hat.»

Cavelti ging auf die Kartons zu und blieb vor ihnen stehen. «In diesen Kisten befindet sich mein ganzes Polizeileben. In ein paar Tagen verschwindet alles im Keller, und nach und nach gehen alle Erinnerungen verloren.» Er wandte sich an Gubler. «Was sind deine nächsten Schritte im Fall Göker?»

«Ich habe keine Ahnung. Frag mich morgen noch einmal.»

Kurz vor zehn Uhr verabschiedete sich Gubler von Cavelti und machte sich auf den Heimweg.

«Du glaubst also, dass Göker sich die Überdosis selbst gespritzt hat. Da er sehr betrunken war, war er ungeschickt, was den Bluterguss an seinem Arm erklärt. Frau Göker fand ihren Mann leblos vor, wusste von der Lebensversicherung, die bei Suizid eventuell nicht zahlt. Sie sah ihr Geld den Bach hinunterschwimmen. Sie fasste den Entschluss, alles zu unternehmen, um den Selbstmord zu vertuschen. Es *musste* nach einem Unfall oder Mord aussehen.» Mirta beendete ihre Zusammenfassung.

«Und wie hat sie die Leiche an die Bobbahn gebracht?»

«Mit Hilfe von Collin. Es muss ihr gelungen sein, ihm eine plausible Geschichte zu erzählen, die er aufgrund seines Autismus glaubte und nicht hinterfragte.»

«Und der Monobob, wie haben sie den dorthin geschafft?»

«Für diesen Teil habe ich auch keine Erklärung. Ich glaube, wir müssen noch einmal mit Spälti reden. Ich kann mich erinnern, dass er bei unserem letzten Besuch erwähnt hat, dass die Bobschlitten jeweils über Nacht in der Tiefgarage untergebracht werden.»

«Wenn das stimmt, muss sie jemanden gehabt haben, der ihr geholfen hat, den Bob herauszuholen, und der sich in der Tiefgarage auskannte.»

Sie überlegte. «Peter Streuli», platzte es aus ihr heraus.

Das Tischtelefon klingelte. Er nahm den Hörer ab. «Gubler ... Wer will mich sprechen? ... Meier heisst er ... Interessant ... Ja, stellen Sie durch.» Er drückte die Lautsprechertaste, damit Mirta mithören konnte. «Herr Meier, was kann ich für Sie tun?»

«Grüezi Herr Gubler. Ich habe gehört, dass es im Fall Göker neue Spuren gibt und auch im engeren Familienkreis nach Hinweisen auf einen möglichen Täter gesucht wird. Können Sie mir dazu etwas sagen?»

Gubler musste lachen. Es erstaunte ihn immer wieder, mit welcher Unverfrorenheit und Kaltschnäuzigkeit gewisse Journalisten vorgingen. Aber er war diesem Meier keineswegs böse, im Gegenteil. Er hatte in all den Jahren gelernt, im richtigen Moment auch die Presse ins Boot zu holen, und das war genau der richtige Moment. Der Himmel schickte diesen Journalisten. «Wie Sie sicher wissen, lieber Herr Meier, ist es mir nicht möglich, in einem laufenden Fall Auskunft zu geben. Es tut mir leid.» Er tat so, als wolle er auflegen, würde sich dann aber noch einmal besinnen: «Ich habe mal einen ihrer Kollegen sagen hören: ‹Wo Rauch ist, ist auch Feuer.› Einen schönen Tag noch.» Jetzt legte er wirklich auf.

Mirta sah ihn entsetzt an. «Ist dir klar, dass du den nächsten Verweis bekommst, wenn das rauskommt?»

«Warum? Ich habe nichts über den Fall Göker gesagt. Du bist meine Zeugin.»

«Alessandro, bitte. Das war höchste Missachtung des Gesetzes.»

«Reg dich nicht auf, Mirta. Zugegeben, das war Grauzone.»

«Grauzone? Das war tiefstes Dunkelgrau.» Sie schüttelte den Kopf. «Ich würde gerne wissen, woher diese Typen ihre Informationen haben.»

Gubler zuckte die Schultern. «Ich weiss es auch nicht.» Für ihn war das Thema erledigt. «Kommen wir noch einmal auf den Monobob zurück. Du hast Peter Streuli erwähnt. Ich glaube nicht, dass er etwas damit zu tun hat. Er und Göker waren gute Freunde, und er hat ihm sogar finanzielle Hilfe angeboten, die Göker aber nicht angenommen hat. Aber er kann uns sicher sagen, wie man an seinen Schlitten kommen konnte.»

Am Empfang meldete er sich und Mirta für den Rest des Tages ab. Gemeinsam stiegen sie in der Tiefgarage in Gublers Dienstwagen und fuhren nach St. Moritz.

Morgenüberraschungen

Gubler hatte gut geschlafen. Hanna lag wach neben ihm im Bett. Sie hatte heute Spätdienst und war nicht in Eile. Er erzählte ihr von Mirtas Stimmungsschwankungen und dem Weinkrampf nach der Hausdurchsuchung.

«Hatte sie schon früher solche Schwankungen?»

«Nicht, dass ich wüsste.»

Hanna krabbelte aus dem Bett. «Hat sie sich über Übelkeit und Müdigkeit beklagt?»

«Ja. Sie hat sich in letzter Zeit oft übergeben.» Gubler hatte ein mulmiges Gefühl. «Meinst du, ich muss mir Sorgen machen?» Er sah Hanna an. «Komm mir jetzt nicht mit der Diagnose Burnout!»

Hanna kroch wieder zu ihm ins Bett und gab ihm einen Kuss. «Keine Sorge, Herr Kommissar. Ihre Kollegin ist sicher kerngesund.» Sie setzte sich auf ihn. «Meine Diagnose lautet: schwanger.»

«Was?» Weiter kam er nicht. Hanna küsste ihn leidenschaftlich.

Hanna hetzte durch die Wohnung. Sie war spät dran. Die schönen Minuten mit Gubler fehlten ihr jetzt. Sie nahm ihre Tasche. «Ich komme heute nach der Arbeit direkt zu Pierino. Es wird wahrscheinlich etwas nach neunzehn Uhr sein.»

Er und Hanna waren vom Alpmeister zum Nachtessen eingeladen worden, um den nächsten Sommer auf der Alp Muot Selvas zu besprechen. «Ich möchte euch über ein paar Neuigkeiten informieren», hatte er Gubler am Telefon gesagt. Dass Pierino in Pension gehen würde, wusste er bereits und auch, dass er Sils verlassen und ins Bergell ziehen würde.

Mit einem «*Chau* bis heute Abend» zog Hanna die Tür ins Schloss.

Auf dem Flur kam ihm Mirta mit einer Zeitung in der Hand entgegen. *Kommt Gökers Mörder aus dem Familienkreis?* war auf der Frontseite zu lesen. Er überflog den Artikel und war erleichtert. Der Journalist hatte nichts Neues geschrieben und, was das Wichtigste war, der Name Gubler oder ein Hinweis darauf, woher er diese Information hatte, wurde nirgends erwähnt. Er machte ihr ein Zeichen, ihm in sein Büro zu folgen. Er liess sie eintreten und zog die Tür hinter sich zu.

«Wenn in den nächsten Minuten ein Anruf aus Chur kommt, bin ich gerade nicht da, und du hast keine Ahnung, worauf sich dieser Journalist bezieht. Ich gehe davon aus, dass sich auch mein Lieblingsanwalt melden wird. Er bekommt die gleichen Informationen wie Cavelti.»

«Schon geschehen», antwortete sie.

«Beide haben schon angerufen?»

«Nur Cavelti. Du sollst ihn zurückrufen, sobald du im Büro bist.»

«Wie war seine Gemütslage?»

«Erträglich, würde ich sagen.»

Gubler griff zum Telefon, wählte Caveltis Nummer und drückte die Lautsprechertaste, wie immer, wenn Mirta im Büro war. Cavelti meldete sich sofort. «*Bun di* Enea. Eins vorweg, Mirta hört auch mit. Also, dieser Journalist, Meier heisst er, der hat gestern angerufen und wollte von uns wissen, ob an der Sache mit dem *Familienmitglied* etwas dran ist. Ich habe ihm gesagt, dass wir zur laufenden Ermittlung nichts sagen können. Das kann Mirta bestätigen.»

Cavelti stellte keine Fragen und verabschiedete sich von ihnen.

Gubler zwinkerte Mirta zu: «Siehst du, so macht man das.»

«Entschuldigung, ich muss kurz raus.» Kurz darauf kam sie zurück. «Alessandro, ich möchte dir etwas sagen.»

«Ich glaube, ich weiss, was du mir sagen willst.»

«Nein, ich glaube nicht.» Sie konnte sich nicht vorstellen, dass Gubler wusste, was mit ihr los war, und sie hatte es bisher noch niemandem erzählt, aber irgendwie verspürte sie das Bedürfnis, ihr Geheimnis mit ihm zu teilen.

Er liess sie nicht zu Wort kommen. «Darf ich zuerst?»

«Klar.»

«Du bekommst ein Kind.»

«Woher weisst du ...» Sie konnte sich nicht beherrschen und begann zu weinen. Er ging zu ihr und nahm sie in den Arm. «Hanna hat es mir erklärt. Die Stimmungsschwankungen, die Übelkeit und so weiter. Wann ist es so weit?»

Sie hatte sich wieder gefangen. «In sieben Monaten. Ich stehe noch ganz am Anfang. Ich wäre dir dankbar, wenn das noch eine Weile unter uns bliebe.»

«Geheimnisse sind bei mir am besten aufgehoben.»

«Bis du sie für deine Zwecke nutzen kannst», lachte sie.

«Das gilt nur für die Arbeit, privat bin ich ein Tresor für Geheimnisse.»

«Danke.»

«Komm, lass uns im Migros-Restaurant einen Kaffee trinken und die nächsten Schritte besprechen.»

Von Peter Streuli hatten sie gestern erfahren, dass Göker seinen Bob stets in seinem VW-Bus versorgt hatte. Einerseits, weil auf der Bobbahn kein Platz mehr frei gewesen sei, und andererseits, weil er es praktischer gefunden habe. Der Bus stehe wahrscheinlich in Sils in der Garage.

Gubler ärgerte sich noch einmal über sich selbst, wie schlampig er diese Sache angegangen war und dass er auch beim letzten Besuch nicht daran gedacht hatte, ausser dem Büro noch andere Räumlichkeiten zu untersuchen. Jetzt noch einmal bei der Witwe vorbeizugehen und sie zu bitten, ihm die Garage zu zeigen, konnte er vergessen. Aber das war auch nicht so wichtig. Sie wussten jetzt, dass der Bob leicht mit dem Bus zum Fundort hatte transportiert werden können.

«Wir haben genügend Indizien, um den Fall abzuschliessen. Was uns fehlt, sind eindeutige Beweise.» Gubler griff zum zweiten *Gipfel,* während Mirta an ihrem heissen Tee nippte.

«Wo können wir einhaken?», wollte er von ihr wissen.

«Ich stecke auch fest. Der Fall scheint gelöst, aber wir haben keine Möglichkeit, unsere These zu beweisen. Wir brauchen die Versicherungspolice. Mit dem Abschiedsbrief und dem an der Bobbahn gefundenen Zauberwürfel können wir dann den Tathergang und das Motiv rekonstruieren.»

Gubler zückte sein Notizbuch und schlug die Seite mit der Überschrift *Tathergang* auf. Er hatte Mirtas Überlegungen notiert und las sie noch einmal durch. Plötzlich fiel es ihm wie Schuppen von den Augen. «Komm, wir müssen zurück ins Büro, ich weiss, wie wir vorgehen.»

Im Büro angekommen, bat er sie, sich an den Computer zu setzen und aufzuschreiben, was er ihr diktierte:

Rafael Göker hat sich im Wissen um seine schwere Zucker-krankheit mit einer Überdosis Insulin, die er sich in den Arm gespritzt hat, das Leben genommen. Frau Göker fand den leblosen Körper ihres Mannes. Nach dem ersten Schock kam ihre Kaltblütigkeit zum Vorschein. Sie wusste, dass die erst kürzlich abgeschlossene Lebensversicherung im Falle eines Selbstmordes keine Leistung erbringen würde. Sie überlegte sich einen Ausweg, um doch noch an das Geld zu kommen, und fasste den Entschluss, es wie einen Unfall bzw. einen als

Unfall getarnten Mord aussehen zu lassen. Es war ihr klar, dass ein Unfall schnell auszuschliessen wäre, die Mord-Ermittlung jedoch ins Leere laufen würde. Der Monobob befand sich bereits im VW-Transporter, so dass sie die Leiche nur noch in den Bus laden musste. Dazu überredete sie, wie auch immer, Collin, ihr zu helfen, da sie das Gewicht allein nicht tragen konnte. Gemeinsam fuhren sie zur Bobbahn nach St. Moritz, und da Göker ein Gerät besass, das die Schranke per Funk öffnete, konnten sie problemlos an die Bahn gelangen. Sie kannte die Stelle, an der sie den Bob und die Leiche deponieren wollte, gut, da sie schon einige Male mit Collin auf der Bobbahn gewesen war.

«Das ist die Lösung, wie wir wissen.» Er nahm einen gelben Post-it-Zettel, und schrieb in grossen Buchstaben *LEBENS-VERSICHERUNG* darauf und heftete ihn an die Pinnwand. «Und das ist der Beweis, den wir brauchen, wie wir ebenfalls wissen. Ich muss mit Cavelti sprechen. Bei dieser Ausgangslage muss es doch möglich sein, einen Beschluss zur Akteneinsicht bei in Frage kommenden Versicherungsgesellschaften zu erwirken. Und zwar dort beginnend, wie deine Cousine angeregt hat, wo Göker seine restlichen Versicherungen abgeschlossen hatte.»

«Dann frag ihn doch auch, ob wir die Schlagzeile in der heutigen Zeitung nutzen dürfen, um zusätzlichen Druck auf die Verdächtigen auszuüben. Vielleicht können wir das Vorgehen damit abkürzen. Du hast mir mal erzählt, dass Täterinnen und Täter irgendwann an den Punkt kommen, wo sie reden wollen. Wo sie es einfach nicht mehr aushalten und es für sie wie eine Befreiung ist, wenn sie aussagen.»

Gubler war überrascht. «Sie lernen schnell, Frau Marugg.»

«Ich habe einen guten Lehrmeister.»

Er fühlte sich geschmeichelt. Ein einfaches « *Grazcha* » war alles, was er herausbrachte.

Er nahm sein Handy und wählte Caveltis Nummer. Es meldete sich der Anrufbeantworter.

« Bitte ruf mich sofort zurück. Ich brauche deine Hilfe. Danke. Alessandro. » Während er telefonierte, hatte er nicht bemerkt, dass Mirta das Büro verlassen hatte. Wahrscheinlich für einen weiteren Besuch der Toilette.

Sein Handy klingelte. « *Chau* Enea, hör zu, du musst mir helfen. »

« Und ich habe eine Überraschung für dich. »

Gubler musste lachen. « Scheint ein *Überraschungsmorgen* zu sein. »

« Was meinst du damit? »

Gubler bemerkte seinen Fehler, er hatte ja versprochen, über das ihm von Mirta anvertraute Geheimnis zu schweigen, rettete sich aber mit der Zeitungsschlagzeile. Cavelti reagierte nicht. Gubler war erleichtert.

« Es gibt eine Wende im Fall Göker. »

Mirta kam zurück.

« Warte, Enea, Mirta soll auch zuhören, sie muss nur schnell den Lautsprecher an meinem Gerät einschalten, ich weiss nicht, wie. »

Sie drückte eine Taste, Cavelti war zu hören. « Wir sind bereit. »

« Wie ich schon sagte, gibt es eine Wende in eurem Fall. Rechtsanwalt Tambur hat der Staatsanwaltschaft per E-Mail mitgeteilt, dass Frau Göker ein Geständnis ablegen wird. Ich bitte euch, um vierzehn Uhr dreissig bei der Staatsanwaltschaft in der Chesa Palü in Samedan zu sein. Mehr weiss ich nicht » Er verabschiedete sich.

«Ja, dann lassen wir uns ein weiteres Mal überraschen. Ist ja nicht das erste Mal heute.»

Gemeinsam gingen sie in die Mittagspause.

Das Geständnis von Frau Göker deckte sich mit dem von Gubler und Mirta niedergeschriebenen Tathergang, und die Lebensversicherung enthielt tatsächlich zwei Ausschlüsse, die bei Göker zum Tragen kamen. Der eine war Tod infolge seiner Zuckerkrankheit, und der zweite war Suizid. Frau Göker beteuerte, dass es ihr zutiefst leidtue, was sie getan habe, und entschuldigte sich bei allen Beteiligten, was Gubler nicht sonderlich interessierte. Für ihn war und blieb diese Frau eine eiskalte Taktikerin. Er war froh, dass für Collin eine Lösung gefunden worden war, da er zu Sarah ziehen würde. Und wie es mit der Witwe weiterging, war Sache der Staatsanwaltschaft.

Bevor er den Computer ausschaltete, schrieb er noch eine Mail an Enea Cavelti, dass er ab morgen ein paar Tage Urlaub nehme. Die zweite Mail schrieb er an Marco Pol: *Habe nächste Woche Urlaub, würde dich gerne besuchen. Ich habe noch etwas bei dir gutzumachen.* Die dritte Mail war an Mirta gerichtet, die nach der Einvernahme sofort nach Hause gefahren war: *Danke liebe Kollegin. Es war und ist mir eine Ehre, mit dir zusammenzuarbeiten. Ruf mich morgen auf dem Handy an. Ich bin im Urlaub.*

Er schaute auf die Uhr, es war Zeit zu gehen. Das Sommerprojekt auf der Alp Muot Selvas wartete.

Er blieb noch einmal vor der Pinnwand stehen, nahm die letzten Zettel von der Tafel. Dieser Fall hatte alles von ihm gefordert. Und dann, wie aus dem Nichts, hatte er sich aufgelöst. Nicht ganz. Er starrte auf die Zettel in seiner Hand. Die Ungereimtheiten beim Unfall des Zwillingsbruders waren noch unaufgeklärt. Gubler zuckte die Schultern. Es war ihm egal. Er fühlte sich leer. «*Mister da merda.*»[22] Er drehte sich um und sah Jenal im Türrahmen stehen. «Stehst du schon lange da?»

«Lange genug.»

Er wandte sich wieder zur Tafel und wischte sie mit einem Tuch sauber.

«Komm, ich fahre dich nach Hause.»

Dank

Ein besonderer Dank geht an Frau Dr. Anke Kriemler für die «medizinische Hilfe» sowie an die Staatsanwaltschaft Samedan und an Andrea Mittner für die Führung durch den Polizeiposten Samedan. Wie immer gehört auch Thomas Gierl, mein Antreiber und Verlagsleiter von Zytglogge, auf die Dankesliste und natürlich Andrea Urech, der wie immer für das richtige Rätoromanisch besorgt ist und als Erstleser seine Kommentare einfliessen liess. Und zu guter Letzt ein grosses Dankeschön an meine Frau Simone, die auch dieses Mal das Buch nicht lesen muss, da sie sich wie bei meinem ersten Roman einige Passagen anhören durfte und kritisieren musste. *Grazcha fich.*

Anmerkungen

1   *Üna bella merda*, selbsterklärend! Zum Teufel, selbsterklärend!

2   *Telefona inavous. Urgiaint. Chau.* Ruf mich zurück. Es ist dringend. Ciao.

3   *Grazcha fich mieu Edelbürolist. Salüds da « tia » cited. Lurench.* Danke, mein Edelbürolist. Liebe Grüsse aus « deiner » Stadt. Lurench.

4   *Vo a't fer arder.* Geh zum Teufel.

5   *Tip da l'impussibel.* Unmögliche Typen.

6   *Ün s-chierp schmaladieu.* Ein verfluchtes Ding.

7   *Huara guaffen.* Blödes Gerät.

8   *Chau Alessandro. Eau sun darcho ragiundschibel. Am poust telefoner inavous?* Hallo Alessandro. Ich bin wieder erreichbar. Ruf mich zurück.

9   *Eau spet davaunt porta. Mauro.* Ich warte vor der Tür. Mauro.

10   *Bun di signuors.* Guten Tag, die Herren.

11   *Situaziun spüzzulenta.* Eine verdächtige Situation.

12   *Cha'l diavel porta. Alessandro, our culla pomma.* Hergott nochmal. Raus mit der Sprache.

13   *Grazcha fich per tieu agüd cun la statistica. Ils raps sun rivos. Saluti Lurench.* Danke für deine Hilfe. Das Geld ist gekommen. Gruss Lurench.

14   *Fufneda illa Badenerstrasse. Sun desch minuts in retard. Salüds Marco.* Stau in der Badenerstrasse. Habe zehn Minuten Verspätung. Gruss Marco.

15   *Anzi. Tuot in uorden.* Gern geschehen.

16   *Que nu fo ünguotta.* Keine Ursache.

17   *Buna saira cheras spectaturas e chers spectatuors. Bel cha vus essas cò.* Guten Abend liebes Publikum, schön, Sie bei uns zu haben.

18   *Eau speresch cha que t'hegia plaschieu, Alessandro.* Ich hoffe, es hat dir gefallen, Alessandro.

19   *Am poust tü fer ün plaschair?* Kannst Du mir einen Gefallen tun?

20   *Cha schmaladia saia.* Zum Teufel nochmal.

21   *Tschert e fraunch!* Ganz sicher!

22   *Mister da merda.* Scheiss Beruf.

Ebenfalls bei Zytglogge erschienen

Andrea Gutgsell
Tod im Val Fex
Kriminalroman
ISBN 978-3-7296-5133-3

Ein fünfzig Jahre zurückliegendes Verbrechen, eine Mauer aus Schweigen um ein gut gehütetes Familiengeheimnis, eine faszinierende Landschaft mit dunkler Vergangenheit und erste Schritte in ein neues Leben: Die Freistellung setzt Ex-Kommissar Gubler schwer zu. Im hintersten Fextal arbeitet er auf Vermittlung eines Jugendfreundes als Schafhirte, um den Verlust von Beruf und Ansehen zu verdauen. Vierhundertfünfzig Schafe, ein störrischer Border Collie und jede Menge Selbstzweifel prägen seinen Alltag. Hinzu kommt die Hüttenwirtin Hanna, die ihn zusätzlich verunsichert.

Als er in der Nähe des Gletschers Vadret da Fex eine Leiche findet, wird er schlagartig aus seiner Resignation gerissen. Sein Ermittlerinstinkt kehrt zurück. Gublers Nachforschungen stoßen jedoch auf das Desinteresse der Einheimischen und den offenen Widerstand des Gemeindepräsidenten, der sich um den guten Ruf des Touristenortes besorgt zeigt. Oder geht es um mehr?

Foto: Lorenzo Polin

Andrea Gutgsell

Geboren 1965, aufgewachsen in Samedan. Lebt mit seiner Familie in Sils im Engadin. Als leidenschaftlicher Laienschauspieler und Moderator ist er immer wieder auf Engadiner Bühnen zu sehen. Er arbeitet als Redaktor bei der «Engadiner Post».

Nach seinem Romandebüt «Tod im Val Fex» (2022) ist «Tod im Eiskanal» sein zweiter Engadin-Krimi im Zytglogge Verlag.